沙地往事

朱燕 著

中国工人出版社

一

1945年9月份日本投降了，这个消息传到江海平原时，离伪保长黄福来娶小老婆半年不到的时间。大家都清楚地记得那天埭路上一辆木制独轮车推来了一位十六七岁的小姑娘，据说是黄福来从外面烟花巷里赎出来的一个外地女人，身材瘦小如未曾发育好的小女孩，那女人从那天起成了他第三房小老婆。在后来的岁月里，邻居一致评论，她虽为汉奸的女人，平时倒也低眉顺眼不与他人计较。

一晃一个月过去了，眼看她从一个瘦骨嶙峋的女孩慢慢养得丰腴起来，结果她的男人出事了，因勾结日本人干了太多坏事，十月份的一天被押到花家仓公审后立即枪决了。死刑由当地的民兵执行，当时也想把他的家属一起抓住，但考虑都是熟悉的街坊邻居，而且又都是地道的农村妇女，并未参与作恶，民兵们讨论后决定把她们全部遣散，各自回自己的娘家，他家的财产全部分给当地穷苦百姓，包括黄福来的姐姐家也分到了一张镶嵌着大理石面的梳妆台，我小时候去他家老宅玩，那梳妆台还在，真的很豪华，是像土豪家用的那种。

话说男人死了，家里用人全跑了，财产也没收了，真正让这个进门不久名叫阿兰的三姨太体会到了何为天塌地陷的感觉。她是外地人，很小就被人骗入烟花巷，想要回到自己的老家却不知道家在什么地方，而且她也不会干农活，一日三餐都成问题，如惊弓之鸟的她整天以泪洗面，度日如年。人暂时被安顿在一处偏远的小茅屋里。

这时候有一双眼睛一直默默关注着她，这人就是她的外甥——赵有财。这个人当了她一个多月的外甥，辈分小可年龄长了她七八岁，是个地道的农村汉子，人长得结实粗壮，谈不上英俊倒也五官端正，就是性格比较内向，不咋与人交流，但干农活是把好手。他舅舅是个大汉奸，他家却是正宗贫农，家里有一个整年咳嗽的老爹，一个小脚老妈，还有一个还在读书的弟弟叫赵有亮。农村里传宗接代是大事，几年前爹妈做主已为他娶了老婆，现在已有一儿一女两个孩子，大的三岁小的两岁。

赵有财与舅舅家平时没啥往来，但农忙时常被叫去扛活，所以舅舅家的门还是进过几回，对这个小舅妈并不陌生，本属于两个世界的人，但舅舅被枪决后，这个小舅妈就从云端跌回了凡间，看着她凄苦的样子，赵有财早动了恻隐之情，时不时送点吃的用的过去，虽然没啥安慰的话，但有时陪着坐一会儿也算尽了一份心意。时间长了，坊间渐渐有了闲言碎语，这两人如此频繁走动会不会出事啊？那可是上下辈分，真发生点啥那可是不伦之举啊。为此家里老婆暗地里闹过，父母也劝过多次，让他与这女人少接触，但赵有财还是觉得放不下这个可怜的女人，所以出事情是早晚的事。

几十年前的江海大地，气温走的还是寻常路，春夏秋冬四季分明，炎热的夏天，农夫农妇们穿着自家纺织的粗布衣服在地里劳作，汗水打湿了衣裤，只要在田埂上歇一会儿，喝一壶自带的酸醋汤，用破蒲扇扇几下，很快又可以接着干活了。那时的冬天几乎年年会下雪，鹅毛大的雪花漫天飞舞的情景我小时候也看见过，有一年冬天，雪下得直至没过了膝盖。

1945年又到了瑟瑟寒冬，地里农活已经干完，各家各户都在忙着置办年货，腊月里的西北风呼呼吹得如同女人的呜咽，歇工在家的赵有财在自家屋里忙活了一整天，傍晚时才去镇上买了一刀肉，两包点心和糖果，替老婆孩子扯了几块花布，穷人家的年也没啥更多添置，马马虎虎也就这么点儿了。从井路快要转进自己家门口时，眼光习惯性往北一瞧，只见那间孤零零的茅草屋，屋门紧闭着，已快到天黑时分，别人家都点起了煤油灯，那里却还是黑咕隆咚，不由心生疑惑，生怕这女人看见别人家热热闹闹准备过年，自己却孤苦伶仃，会不会一时想不开做了傻事？这样想着脚步便不由自主地往北走去。

推开屋门，叫了声小舅妈，没人答应，赵有财摸索着点亮了煤油灯，只见女人正躺在床上哭泣，心里不由乱了方寸，也不知道怎么安慰，便把镇上买来的东西一股脑儿全摆在了桌子上。

“这是孝敬舅妈的一点礼物，你别哭啊！”

女人倒也听话，立即停止了哭泣，但仍躺在床上没起来，脸往里别着，赵有财觉得有点尴尬，坐也不是站也不好，搓着双手有点不知所措。女人没有搭理他的意思，他就寻思着这么晚家里也该盼他回家，便抽身准备回家，刚走两步，这时候身后被抱住了……

这是一次神奇的体验，自家木讷的婆娘根本不能与这个女人相提并论，赵有财在回家的路上一次次回味刚才的情景，还是觉得浑身燥热，想不到自己会有这么大的能量未被发掘，雄性的本能居然让这个叫作舅妈的女人彻底点燃，他觉得这辈子有了这样的女人死也值了。

但最后那个叫阿兰的女人一句话又让他六神无主了——“娶

了我吧，我以后天天这样伺候你。”望着她梨花带雨的脸颊，他居然鬼使神差地点了头，发了誓，一定娶她回家。

二

因故事也涉及我爷爷，这里做一些简单交代。我爷爷不是本地人，年轻时候从如东掘港投奔亲戚来到了启东。我爷爷年轻时身材魁梧，仪表堂堂，而且心性聪明，性格豪爽，所以街坊们遇到困难或有啥纠纷都愿意找我爷爷拿主意，在群众中威望很高。

再回到一九四五年的年末，全国虽然还未解放，但靠江傍海的启东除了几个地主，也没多少罪大恶极的坏蛋，电视剧中旧社会的悲惨故事这里鲜有发生过。听说过有强盗绑架抢劫有钱人家，也曾经撕过票啥的，但对于只靠种田糊口的佃户们来说，没有这种危险找上门来，所以平时日子过得也算祥和。尤其快年底了，人们特别悠闲，农活也忙完，外出的人也都陆陆续续回到老家，一家人团团圆圆只等着放鞭炮过大年。

赵有财自从与阿兰有了那次鱼水之欢，觉得生活好像打开了另一扇门，那里燕语莺声，香气袭人，更重要的是这个仙境里有他迷恋的阿兰。回忆起那晚的情景他还历历在目，阿兰粗糙的土布外衣解开后，居然是一个绣着鸳鸯图案的红肚兜，“烟花巷里的女人终究不同”，当时赵有财就在心里惊叹，当他长满老茧的笨拙大手哆哆嗦嗦想解开那最后一层屏障，却怎么也搞不定，手摩擦在丝绸的面料上发出轻微的哧哧声，当肚兜终于滑落下来，只看见白花花一片，随着一声粗重的叹息，赵有财随即淹没在温柔乡里……

而当夏娃受了蛇的诱惑，吃下了伊甸园里的苹果，她眼前一切也都变了，她虽流落在烟花巷间，但年龄还小，长得又是瘦骨嶙峋，所以一直在干些杂活，没有真正意义上接触过男人，阿兰第一个嫁的便是黄福来，而这老男人虽然在物质上给她提供了比较优越的条件，但毕竟是个年过六十的老头儿，又是大老婆小老婆一大群，能留在阿兰那里过夜的次数屈指可数，而且每次也都心有余而力不足的样子，这如何满足得了正值青春年少的阿兰，而血气方刚的赵有财则让她真正体会到了做女人的快乐，当到达顶峰的那一刻，她决定这辈子就跟定这个男人了。

大年三十到了，年夜饭吃完后，赵有财的娘子将家里收拾停当，烧好热水替两个娃娃洗澡完毕，脏衣服全部洗完晾好，因为大年初一家里什么东西都不能往外扔，包括水也不能倒，说是会漏财。一切处理完毕，断断续续的鞭炮声也越来越远，离大年初一的时间越来越近，她将两个娃娃的新衣服摆在他们枕头边儿，哄着他们上床睡觉。自己也沐浴更衣后上了床。赵有财吃完饭后在外面转了一圈后停驻在屋角后面又望了一眼北边还亮着灯光的小茅屋，带着暖洋洋的心情跨进了家门，看到小倌娘子都已休息，他洗漱完毕也上了床，孩子们都已睡着了，娘子暧昧地用手臂顶顶他，要在平时，赵有财会很接翎子，知道娘子的意思，但此时的他心里已经有了别人，娘子的暗示他觉得很反感，嘟哝一句:“今天累了，早点休息。”身体往外一侧再也不理她，娘子恨恨地拽了一下被子往里一侧，吹熄了煤油灯，各自睡去。

欢乐热闹的时间总是过得很快，年初一到年初九，一晃就过去了，越是往后年味越淡，年初十以后基本就是普通日子，正月十五再疯玩最后一天叫煞嘎，十六开始该干吗就干吗，外出的就此上路，在家务农的也该上地头找点活干。

可就在年初十那天，出大事了，一桩命案打破了村庄里的宁静，一家死了三口人，死的正是赵有财的老婆及两个孩子！

三

听老辈里的人说，一九四六年春节，天气就没好过一天，一直阴沉沉的。几十年过去了，人们为什么对那年的气候记得那么清楚呢？大概就是因为出了那么大一桩惨案，一天之内一家三口说没就没了，才让人有着关联的记忆，包括对当时天气的描述。

那天具体的过程大概是这样的，赵有财正在屋旁用芦苇插一个鸡棚，娘子刚把前两天经好的线架上织布机，准备趁着新年里的几天织点土布，一家四口一年四季的穿衣都指着她纺织，一儿一女就在她眼皮底下，趴在家门口的地上玩蚂蚁蜘蛛之类的东西，吱嘎吱嘎的织布声，两个小孩不时的笑闹声，岁月是如此平淡，让人根本不会联想到会有大事发生。一切就是那么的猝不及防，突然小儿子哭叫起来："姆妈，肚子疼。"同时大女儿也开始在地上打滚喊着"疼死了"，女人立即离开座位，扑到儿女身边，焦急万分："孩子，你们怎么啦？"俩孩子还太小根本说不清原因，只喊肚子疼，一会儿两人一前一后开始口吐白沫，不省人事。

"有财，快来啊，孩子不行啦。"女人带着哭腔喊自己的男人，赵有财听见喊声，扔掉手里的活扑进家门一看，俩孩子已经翻了白眼，女人一手抱一个，撕心裂肺哭喊着儿女的名字，可孩子们的双眼再也不会睁开。赵有财往墙角一看，发现前几天放那里用来灭老鼠的药只剩下两三粒了，心里立即明白了，孩子们是误食了灭鼠药才丢了小命，突如其来的打击让这男人失去了理智，把痛苦和愤怒全部倾泻在老婆身上：“你这死女人，你怎么看孩子的？他们就在你眼皮底下啊！你也去死吧！”说着操起织布机上的棍子用尽力气朝着女人的腰部打去，一棍下去女人居然哈哈哈笑起来，赵有财更加光火，又是几棍下去，女人立马瘫地上没了声音。这时他有点慌了，蹲下去摸了摸女人的鼻息，已经没了，他顿时一屁股坐地上，脑子里已经混沌成一锅粥（关于他女人被棍子揍腰发笑一事，后经医生的解释是，人的腰部突然受到重创脏器破裂，是会发出笑声）。

启东民居特点是南北分埭，东西分条，各家住得较开，有儿子的人家，娶了儿媳会在原有的宅子里分一间房头给小的，条件较好的人家才会在老宅旁边再搭一小间。赵有财的父母就住在他家西隔壁，那天老赵头不在家，赵老太耳朵有点背，好像听见东隔壁有吵嚷声，还以为是孩子打闹，大人训斥，没当回事。一会儿什么声息也没了，赵老太才迈着小脚颤巍巍从西屋子里出来瞧瞧啥事，走进儿子家门一看一大两小躺地上，儿子垂头坐地上。

“怎么啦？有财，你小倌娘子怎么啦？”赵老太急得差一点跌地上。

“死了。”

“啥？天哪！作了什么孽啊，我的孙子孙女啊，我的儿媳妇啊！”赵老太捶胸顿足老泪横流。

“刚才还好好的，怎么都死了啊？”

“孩子误吃了耗子药，娘子我失手打死的。”赵有财已经缓过神来，能够叙述事情经过了。

“娘子千万不能说打死的。”赵老太虽然目不识丁，但有着最本能的护犊之心，因为她懂这种事情传出去，将有不堪设想的后果。所以悲痛归悲痛，为了儿子以后的日子，就不能让外人知道儿媳是被儿子打死的，哪怕是失手也不能说。

赵老太彻心彻肺痛哭了一阵儿，立即跟儿子商量如何处理后事，一致决定暂不通知儿媳的娘家人，虽然儿媳娘家除了父母，只有兄妹两人，但她哥前几年跑出去当兵去了，也不知道参加的是什么部队。万一当了什么官，回来知道妹妹是被打死的，肯定不会饶过赵有财。所以对外就说儿媳觉得自己没有尽职看好孩子，悲痛过度也吃了灭鼠药随孩子去了。

接着东西条邻居都听到了赵家宅上传来凄惨的号哭声，大家从四面八方聚到他家门口，只见一大两小躺在了门板上，赵老太正哭得死去活来，赵有财直挺挺跪在门板前也号啕大哭。五分钟后众邻居都知道了事情的来龙去脉，大家都陪着掉了许多眼泪，叹息着世事无常，同时也想方设法安慰这母子俩，老赵头回家时还以为走错了屋子，突如其来的变故令老头喘不过气，直接被扶到别处去了。

三天后发丧，赵家祖坟上又新添了一大两小三个坟头。

处理完后事的赵有财，当晚早早躺床上了，空洞地看着黑乎乎的屋顶，孩子的嬉闹声，女人的纺织声明明还在耳边，人咋一下都没了呢？灭鼠药为啥放那么显眼的地方让孩子伸手能及？自己咋下那么大狠劲把娘子打死了呢？但现在后悔有什么用？事情不可能重来啊。正辗转反侧懊恼不已，“笃笃笃”，外面好像有轻微的敲门声，赵有财爬起来开门一看，是阿兰，阿兰四顾周围没人，立即闪进来抱住了赵有财。

据说人在恐惧无助时，一个温暖的拥抱可以缓解紧张情绪。赵有财此时的心理已接近崩溃，迷恋阿兰的念头被暂时搁置一旁，但现在这女人自己找上门来，他一下如抓住了一根救命稻草，把她死命抱住，连拉带拽弄到了床上，在这张还有着自己老婆味道的被子上急吼吼把事情办了。

这种最原始的方式却有着极好的疗伤效果，可令人暂时忘掉一切，只沉醉在男欢女爱的激情中。阿兰在最后用迷乱压抑的声音喊出："我要为你生好多孩子。"而赵有财则是在极度的兴奋与极度的悲痛中完成了冲刺。后来，这两口子算来算去，他们的大儿子应该就是在那天晚上怀上的，据说带着不良情绪生下的孩子肯定性格上也会有所缺陷，事实证明此说法并非空穴来风，他们大儿子的暴躁与冷酷远远超越其父亲。

四

不知不觉时间到了正月二十，年味已经荡然无存，佃户们早已经开始了田间劳作，失去了老婆孩子的赵有财生活还得继续，况且心中还藏着一个随时让他重燃信心的秘密，所以他话比以前更少但手脚倒是比原来更加勤快。

别人的惨剧在旁观者心里停驻的时间不会超过三天，一旦有更刺激的新闻传来，大家的注意力又会全部转移到新的事件上去。但这两件事密切关联，所以那个已逐渐淡忘的话题又被提起并赋予了更丰富的内涵。

那天中午我爷爷正与隔壁的沈家爷爷边喝酒边闲聊，突然屋外传来惊慌失措的喊叫声："大兄弟，快，快去救救我老头和儿子，要出人命了。"只见赵老太颠着小脚，裹着一阵冷风冲了进来，蓝花布的头巾往后掉下一半，老蓝布大胸襟衣服，腋下一个纽扣还没来得及纽上，黑色展群的布带系得歪在一边，可见事发突然，她还来不及整理好衣服就跑了出来。

"大兄弟，她娘家人打过来了，人都被绑出去了。"赵老太带着哭腔，词不达意的话语，显示了事态的严重性。

我爷爷立即放下手中杯子披上棉袄："老嫂子，你别急，我马上跟你去看。"

一行人来到埭路上，只见赵有财家里，几个青壮年抡着钉耙铁搭砸着家里的桌子板凳锅碗瓢盆。本来也没几样东西，经不起几下砸，一会儿啥都没了。再看场心里，五花大绑着两个赤身裸体的男人，只穿着短裤，在寒风里冻得发紫，抖得像筛糠，老的更经不起这样折腾，已倒在了地上。旁边一个老妇人在哭骂，一个老男人蹲地上阴着脸不吭声。大概就是赵有财的丈人丈母。

我爷爷大步流星走上前去，大声喝道："你们干吗？打上门来了！把那两人冻死了你们走得出赵家宅吗？有啥事情大家坐下来商量。"

大概被我爷爷的气势镇住了，外加看热闹的邻居里也有好几个赵家人，也在附和着我爷爷，斥责加威胁终于让这几个闹事者住了手。被绑着的两个男人也立即被众邻里帮着解绳索穿衣服扶进屋。

这次谈判由我爷爷主持，从下午谈到后半夜终于有了结果。赵家赔给对方十几担粮食和一百块银圆，月底前送到他们家里，以后不再纠缠。

历时半个多月，老赵家终于东拼西凑筹足了东西给人送了过去，其中银圆是由阿兰私藏的一些首饰典当了凑成的，粮食则是由赵家好几个堂份里亲戚拼凑成的。

后来用我奶奶的话说，那时时局很乱，老百姓根本不知道谁在掌握着权力，一会儿是顽军一会儿又是黑老鸦，人们眼里最直接的官员就是保长，但他也不管查命案，佃户死几口人根本不算什么大事。

所以，人死不能复生，只有合适的赔偿，对生者来说才是最圆满的结局。

尘埃落定后，大家反应过来了，赵有财怎么会拿得出一百块大洋？一个穷得叮当响的佃户咋会私藏那么多钱？再傻的人也会很自然地联想到阿兰——这个出身烟花巷又当了一个月汉奸小老婆的人身上。况且她男人死后赵有财对她照顾有加。

一段时间后，几个好事的后生挤眉弄眼地告诉一起劳作的女人们：“我们听了好几夜了，阿兰家的床每夜都要吱吱咯咯响好几个时辰，外甥真的睡了小舅妈。”

五

埭上还有一户姜姓殷实人家，算不上地主，却也有几十亩田地，分别佃给几家农户种植，自己每年收取一定租息，男人也会敲白铁的活，所以日子要比其他人家过得安逸。说起这家也有一个令人刮目的过往。

姜是女方姓，老头其实姓孙，名万年，二十世纪三十年代初来自上海，曾在上海一个什么厂里做工，会机械方面的技术，这个孙万年个子矮小，用现在的话叫长着一张娃娃脸，戴一副近视眼镜，一年到头穿中山装，夏天还穿一种深咖啡色香云纱布料的短袖衫，风一吹就会变得很飘逸的样子。这在当时的农村里看上去比较另类滑稽。

话说当年孙万年来启东是走亲戚到的姜宅，本打算待个十天半个月就回上海的，可真是有缘千里来相会，这姜家大小姐一眼就看上他了，姜大小姐方圆十几里也是个有名气的美人，传统中那些大眼睛高鼻梁白皮肤文类的传统美女标准，她统统可以对号入座。大概看多了农村里粗衣黑脸的农夫，姜大小姐一看见时尚另类的孙万年就再也挪不开眼光，不管姜老太爷厉声斥责，不许与姓孙的小子接触，可情窦初开的姜小姐哪会把老子的话放心上？照样孙万年到哪她跟到哪，道不尽的燕语莺声，使不完的眼波流转，终于将这个大城市来的小子也拽进了情网。姜老太爷气得浑身发抖但拗不过女儿的一哭二闹三上吊，终于吐口同意了这门亲事，但有一个要求，因为姜家无男孩，孙万年必须做上门女婿，二十世纪三四十年代的上门女婿不像现在，基本上没啥地位，而且孩子也必须随女方姓，可被爱情冲昏头脑的孙万年居然答应了这样的要求，最终倒插门在姜家。

孙万年平时喜欢到我爷爷家玩，吹会儿牛蹭杯酒喝喝，喝高兴了就开始谈上海往事，夸上海那些穿着旗袍的女人如何婀娜动人，“我跟你说啊，原来家里已经替我提了亲，对象是一位绝色美女……”

“孙万年，你这老不死的，给我滚回来，洗的什么衣服？斑点也没洗净。中午菜还在田里没摘进来，你死哪去了？”

一声河东狮吼，孙万年的手有点发抖：“我先回去了，下次再聊。”

“去吧，当心又被拎耳朵。”我爷爷笑着回答。

孙万年匆匆回家了，因为与我家只隔了一条小沟，大家很清晰地看见老孙头又被老婆拎起耳朵拽到了家里。

骂归骂，但夫妇俩养了两个如花似玉的女儿，大的叫姜美云，小的叫姜美玉。

说了这么多，就是因为大女儿姜美云与赵家二小子赵有亮订了亲。

赵有亮是个很帅的小伙子，身材修长，眉清目秀，待人接物很有礼貌，平时遇到乡邻乡亲都会打个招呼，“伯伯妈妈公公婆婆”叫得蛮甜，关键还读过几年书，知书达理，那时候农村里识文断字的人并不多，赵有亮也算是个知识分子了。

姜美云许配给赵有亮也算是两情相悦，郎才女貌。如果赵家不出那桩事，办喜事的日期都已定了下来，就在明年春节。可天有不测风云，事情就这么发生了，姜家马上递话过来——“亲事暂缓”。这可把老赵家急死了，聘礼也送了，亲戚们也都知道了办事日期，现在要推迟，也许就直接黄了，那让老赵家面子往哪搁？尤其赵有亮，这几天吃不好睡不香，脸颊都陷了下去。

如果说赵有财老婆孩子突然身亡属于意外，两家好好沟通也许还有商量余地，但现在四处流传外甥睡了小舅妈的闲话，更令事情雪上加霜。

赵有财自从家被捣毁后，每天晚上扛活回来一直在父母家里吃饭，自家屋里就胡乱过个夜。这样的状况持续了半个多月。

那一天赵有财回来后照样先到父母家吃饭，一家四口在昏暗的灯火下各自默默扒着碗里的饭。

这时老赵头咳了一声问道:“有财，你以后别再去北边那个狐狸精那里，人家到处在说闲话。”

赵有财一愣，随即将碗筷往桌子上重重一拍:“谁在嚼舌头根？我掼他！”

“有财，管不住人家嘴，但你以后别去了就没有人再瞎说了。”赵老太小心翼翼地说。

“哥，姜家传话来，要推迟办喜事。”赵有亮闷声闷气地说。

只听“哗啦啦”的声响，赵有财把桌上碗筷掉了一地:“谁爱说谁说，我就跟她了，咋的？你们谁也管不着。”说完怒气冲冲走了出去。

“这骨什坛，现在谁也办不了他了，作孽啊！”赵老太呼天抢地，老赵头气得直哼哼，赵有亮一气之下也跑了出去。

赵有财直接去了阿兰那里，赵有亮则出去找姜美云。

六

赵有财怒气冲冲从父母家出来，径直到了阿兰的小茅屋前，只见柴门紧闭，也没灯光。敲敲门无人应答，不由奇怪:“阿兰，开门，我是有财。”这才听见“吱呀”一声门开了，昏暗中也能觉察出阿兰的惊慌失措。

“怎么啦？你咋灯也不点？”赵有财问道。

“刚才东南宅的张三郎来敲过门。”阿兰颤抖着声音说。

“干吗？”赵有财警觉起来。

“他，他想睡我，被我赶跑了，他说以后天天来直到我答应为止。”阿兰补充道，“所以我吓得不敢开门。”

“这个狗娘养的，自己被老婆赶了出来，又想动你的脑筋，看我明天不打死他。”赵有财听到有人想打他女人的主意不由怒火中烧。

那个张三郎是个老光棍，父母早亡，一直孤零零一人，邻居看他可怜给他介绍了一个寡妇，让他做上门女婿，本来好好做一家人也不错，但他改不了好吃懒做的毛病，一年不到又被赶了出来。就是这么一个懒汉加无赖。大概看到阿兰出身烟花巷，又曾是汉奸老婆，现在一人住偏远地方，人也长得漂亮，就动起了歪脑筋。而且外面传言与外甥的风流韵事，那多一个张三郎也应该没问题，可想不到阿兰连骂带撵把他赶了出去，他只得灰溜溜走了，但临走前威胁阿兰以后天天来，若再不答应就强闯，把阿兰吓得魂不附体。

赵有财听到阿兰经历了这么件事，立即决定从今夜起就住阿兰家：“以后我就天天护着你。”

阿兰激动地扑到赵有财怀里，紧紧搂着这个终于属于自己的男人泪流满面，她从今以后再也不怕被人欺负，也不会再被人叫汉奸老婆。

当夜两个经历了许多磨难的人终于走在了一起，赵有财打量着烛火下的阿兰，柳眉如画，双眸含春，脸泛红晕，这是一般乡下女人根本没有的风韵，赵有财暗自庆幸自己艳福不浅，拥有了这样一个标致的女人，“我就愿意跟狐狸精在一起。”他在心里默念。那天夜里犹如新婚，说不尽的恩爱甜蜜，道不完的翻云覆雨……

启东形成的历史不过两百多年，这里的居民都是从外地迁徙过来的移民，所以没有源远流长的名门望族，也就没有处罚严厉的族规戒律。但这里的居民善良老实，勤劳淳朴，鲜有有伤风化、不忠不孝的事情发生。像赵有财阿兰这种涉嫌乱伦的事情大家根本闻所未闻，所以最终结果除了被父母扫地出门，不许再踏进家门一步，旁人最多当稀罕事议论一段时间也就不了了之。

再说赵有亮，本来出门去找姜美云的，走到她家屋前，灯光是有的，但他不敢敲门，她那个厉害的老娘，现在根本忘记了自己当年是如何为得到爱情与老爹抗争的，她将自己两个女儿完全当成私有财产，不许与埭上后生接触，一门心思自作主张，要替女儿招两个门当户对的乘龙快婿。当时赵有亮也算周边出类拔萃的后生，虽然家里穷点，别的条件马马虎虎符合姜老太的要求，她也就睁一只眼闭一只眼，没作太多干涉，但现在赵家出了这么档子事，姜家老太说啥也不会再把女儿嫁给这种人家。

“我呸！穷也就算了还闹出人命，现在更好，外甥和舅妈，什么现世宝人家。”

“你敢再和他家二小子来往我打断你的腿。”姜老太厉声警告大丫头。

孙万年尽管心里同情丫头，但慑于老婆的雌威，只得嗫嚅着退到房间不作表态。

赵有亮踮着脚从窗口往里看看，只有老太一个人在堂屋，丫头们可能都已回到房间。没办法只得垂头丧气往回走，无意回头一看，姜家北宅的沈家宅上，场心里燃起一堆篝火，旁边来来往往好多人影，赵有亮出于好奇准备过去看看，这一看倒好，从此改写了他的人生。

七

原来这是一批从西边一个小镇过来的新四军，大概一个排，刚拔了顽军的一个据点，在这里休整一夜后，天亮就开拔去泰兴，赵有亮好奇地围过去，想看看这些新四军究竟与普通人有啥不同，这时一个小个子士兵很警惕地拦住了他。

“你找谁？”

“我就看看。”

“小李，让这位小兄弟来烤烤火。”这时一个年纪稍长的军人招呼赵有亮过去。

赵有亮怯生生走进了这一圈的军人中间。四周打量了一下，他们都穿着灰色土布的军装，年纪都在二十上下，正三三两两靠一起取暖聊天，有几个脸上还黑一道白一道没清洗干净，但大家看上去都是兴高采烈的样子。

招呼赵有亮进来的那个人被称呼为王排长，他乐呵呵地对赵有亮说：“喝口热水吧，没什么招待你。这么晚怎么还没回家休息啊？”

“你们明天就走吗？要不要招人啊？”赵有亮答非所问。其实在看到这些军人的时候，他立即觉得改变自己生活方式的机会来了，他要摆脱家庭困境，要改变姜家对自己的看法，参加军队应该是最好的选择。

“要啊，怎么你想跟我们走？家里同意吗？”王排长有点意外，“这里的同志可都是为广大穷苦大众谋幸福的好儿郎，你如果也有这志向，我们欢迎你。”

“等我回去一下马上过来。”赵有亮激动地说完，拔腿就走了。

“有点意思。”王排长笑笑，他以为这不过是个一时冲动的男孩，没放心上。

但是第二天，天刚蒙蒙亮，赵有亮真的拿着一个布包赶来了，王排长高兴地拍着他肩膀：“好样的，就跟着我们出发吧。”

一路直奔泰兴。

事实证明赵有亮这个决策非常英明，他一路跟着这批新四军从江浙打到山东，后又参加了淮海战役，渡江战役，再打到上海，新中国成立后他回到南京任职，根据这一线索，凡是启东人民都知道，他跟随的是粟裕大将的部队。

出走一年后，有一天夜里赵有亮因执行任务，顺路回来过一次，当一个年轻英俊的军人敲门出现在姜家门口时，姜家二老惊讶得合不拢嘴。

“你、你、你是……”

“我是赵有亮，来找姜美云。”姜美云一看当年落魄的情郎现在如此意气风发，觉得一年来的苦苦坚持终于有了回报，庆幸自己的眼光终究没看错人，庆幸自己哪怕在母亲的强大压力下，幸亏没马马虎虎把自己嫁掉。一下酸甜苦辣涌上心头，眼泪夺眶而出。

“美云，等着我，等到我凯旋，立即娶你。”赵有亮在仅有的半个小时的最后，终于说出了心里已经默念了几百次的话语，如释重负，立即消失在夜色里。

再说赵有财，自从搬去与阿兰同居后，这个女人如久旱逢春雨的庄家，越发出落得青翠欲滴，与刚来时判若两人，这就免不了众人在背后指指点点，怀疑起赵有财老婆孩子的死因。

“我看是被赵有财故意弄死的吧，可怜的女人，可怜的孩子。”

“你看阿兰骚浪的样子，肯定两人勾搭在前，杀妻灭子在后，真是作孽。”

这些传言围绕着整整他们几十年。直到今天，依稀还有人会谈起这件尘封往事，仍然显得津津有味。可见，当时即使没有族规戒律的惩罚，但那种违背伦理道德的事情一旦做下，自己被指点一辈子不说，更会殃及后代。

赵有财的大儿子正是在这样的环境里出生了。

八

“这孩子出娘胎时居然不哭，怎么拧怎么拍也不哭。”接生婆事后这样描述，“我以为这孩子没用了，但拎起来一看眼睛睁得大大的，紧紧握着小拳头，看着我呢。”

“赵有财与小舅妈生了一个儿子！”沉寂了几个月的乡村又热闹了起来，不时有好奇的人们围在小茅屋的窗子外面向内张望，想看看这孩子长啥样，还故意让很大声的悄悄话飘进来。

“看清没？究竟像黄福来还是像赵有财？”

“谁嚼舌头，滚开。”赵有财怒气冲冲驱赶着人群，一批交头接耳嘻嘻哈哈的人走了，一会儿又来一批，赵有财和阿兰都觉得不胜其烦，但既然有勇气住在了一起，也就顾不得人家的指指点点了。

最难堪的当数老赵头，有时走在路上，冷不丁有人打招呼：“赵家伯，你内弟媳生了娃啦，恭喜恭喜，发红蛋不？”

老赵头本来不错的心情被这一句搅得气不打一处来，越发恨自己不争气的儿子，恨那个勾搭了自己儿子的狐狸精，现在这两个不要脸的还有了孩子，这荒唐事任凭本事再大的人也难以掩盖了。“唉，以后进了祖坟怎么向祖宗们交代啊。”赵老头心里那个别扭啊，大儿子做下如此大逆不道的丑事，小儿子因此婚事搁浅，匆匆离家参了军，本来热热闹闹的一家人如今四分五裂，赵老太哭得眼睛都快瞎了。

“还生了孽种，我死也不会认他。”赵老太哭骂着。

所以，这个一出生就尴里尴尬的小生命，仿佛也知道自己面临的是个什么样的境地，一离娘胎就不同于别的孩子哇哇大哭，他似乎并不抱怨离开母亲温暖的躯体，而是早就做好了与周围一切抗争的准备，一落地就拿冷眼看这世间。

时间过得很快，已是 1947 年与 1948 年的交界期，离全国解放为期不远了，形势却陡然紧张起来，海复镇国民党驻军增加了好多，还不时听到传言，哪里的一个财主被杀了，家里金银财宝被全部抢光，宅子也被烧了。哪里的一个村里搜到了民兵，被抓进了据点，第二天就被杀害。伪乡长已经几次喊话，谁家出了民兵或参加了新四军的，只要承认一下，肯改过自新，就不再追究，如果被查出来的，格杀勿论。

其实那个时候所谓的民兵，素质参差不齐，一般都是乡下人，没有啥文化，很容易被忽悠。所以出了桩匪夷所思的事情。

那是很久以后，有一次我爷爷边喝酒，边跟我们谈起往事，提到了此事。他说，有一次，顽军来抓人，抓了好多青壮年，让大家排两队，一队是民兵，一队是普通百姓，并承诺，不杀民兵，只杀普通百姓，结果，居然大部分人站到了民兵的那一排，结果可想而知。

“我知道里面有问题，悄悄拉着旁边几个跟我一起站普通百姓一边，其中有一个不听我的，结果被杀了。”我爷爷接着说，“后来他们让民兵留下，放我们走，我和另外几个狂奔十几里跑到家里，那一次死了好多人啊，其中大部分是被骗送了命。”

那么小儿科的谎言居然也有人相信，可见在生与死的选择前面，越渴求生存，选择时就越容易失去最基本的判断。

现在老赵家闹心的事情不止一桩，大儿子丢的是面子，小儿子搞不好丢的是性命。万一被谁检举出来参加了新四军，那一家老小都要受牵连。

怕什么就真来什么，那个没得手阿兰的张三郎真的去乡里告密：“赵家二小子赵有亮参加新四军去了，我亲眼看见他随新四军一起走的。”

当天下午，伪乡长带着几个穿黄军装的士兵将赵家一家老小全部带了出去，连抱着孩子的阿兰也被一起带走了。

平时看这家人家笑话的邻居们，此时谁也没心情看热闹了，都开始同情他们。

“这咋办啊？被带走了活着回来的可能很小了，孩子才出生呢，太可怜了。”几个心软的娘子悄悄抹起了泪。

躲在窗后看着路上被带走的一群人，姜家老太扯着老头子耳朵，咬牙切齿地说：“这几天不允许串门，更不允许喝酒，人家如果问起，咬定大丫头与赵家已经断了往来，记住没？”

孙万年忙不迭回答：“知道了，不出门，不喝酒。”

一家人被带到了乡里关了起来。大难临头时，好心的邻居们都开始为他们家处理各类事务，有帮忙喂鸡鸭，有帮忙干地里活，还有几家轮流替他们送饭。正当大家都为这家人担心时，没想到三天后人放了出来，只有阿兰没回家。

九

赵有财自打被释放后就住在了父母家里，老两口儿似乎也已经接受了他，阿兰没回，孩子却带了回来，现在只有赵老太帮着照看小孩。这家人究竟经历了什么？从赵有财整天阴沉的脸色，老头老太不止的唉声叹气，大家已猜到一二，阿兰被扣将经历什么不用问都心知肚明了。

一家人被抓进去的第一天，几个人轮流进来威胁恐吓，欺诈诱骗，承诺只要讲出赵有亮是不是参加了新四军，并把他叫回来认个错，就可以既往不咎，一家人也可以马上被释放。老两口儿居然有些心动，差一点就要承认了，好早点回家，这个时候阿兰拦住了他们：“如果真承认有亮参加了新四军，我们就一个也活不了了。”

老两口儿吓了一大跳。

“你们一定要咬定什么也不知道，我来和他们讲。”大难临头时，阿兰主动揽起了重任，令老赵夫妇心里有点过意不去了，尽管小儿子出走的间接原因就是这个女人，但事已至此，在生死攸关的节骨眼上，一个弱女子主动承担起了所有责任，这确实令赵家人刮目相看。也令赵有财暗地捏了把汗。

“我有话要跟长官说，麻烦通报一声。”阿兰对着看守喊。

“你们一定要记住千万不能承认有亮去参军，就说去了上海学手艺。”阿兰再三叮嘱。

一会儿有人进来把阿兰带了出去。

阿兰一出去，赵有财心里莫名其妙地不安起来，总觉得她此去凶多吉少。不由烦躁地在狭窄的屋内来回走动着。老赵夫妇也紧张地等着阿兰能否带来好的消息。

大概两个时辰后，看守带着头发散乱，一脸疲惫的阿兰回到了羁押地。

“明天表现更好点啊，让我们长官舒服了，就放了你们。”看守一边锁门一边猥琐地朝着阿兰笑道。

赵有财一把揪住阿兰衣服愤怒地压低声音：“说！他们对你干了什么？”

阿兰未语泪先流：“我对他们说，我的男人原来是我外甥，我们同居了，还生了孩子，你家里把我们赶了出来，还搅黄了你弟弟的婚事，把他气跑了。”

“还有呢？”赵有财此时更关心的是阿兰的经历。

“我被那个当官的……睡了。”阿兰哭道。

“啪”，阿兰结结实实挨了赵有财一记耳光。

“你这贱人！逞什么能。把自己搭进去了也不见得活得成，还不如大家都死了干净。”赵有财气得两眼血红，仿佛人也吃得下，自己历尽千辛万苦，人山人海忍受所有人的唾弃得到了眼前这个女人，一下子被别人在眼皮子底下给睡了，这样的屈辱换任何一个男人都承受不了，无以言喻的愤怒，让他克制不住自己的暴力，还想揍阿兰，被老两口儿拦住了。

“你消停点，你有什么更好的办法可以保全全家性命？你真把她打死了，一家子都活不成，你刚生的儿子咋办？”老赵头一番话让赵有财如泄了气的皮球，蹲在墙角没了声音。

第二天差不多时间，阿兰又被带了出去，赵有财一想到自己的女人将被另一个陌生男人全部脱光抚摩，甚至想到了阿兰与别人苟合的细节，恨来牙齿咬得咯咯响，紧紧握着的拳头一下砸在水泥墙面上，留下几个血印。

三天后，牢门被打开了，看守对着一家人说：“你们可以回去了，女人留下。”

“为什么还要让她留下？”赵有财非常气愤地问。

“哪来那么多废话，幸好你女人有本事，否则你们全家明年的今天，是同一天忌日，还不快滚。”看守不耐烦地把其余三人赶了出去，只留下了阿兰，“小娘子，你再陪我们长官几天也可以回家和男人孩子团聚喽。”

老赵家三口人带着孩子黯然回到了家里。

“你暂时也住这里，让你娘帮忙替你看孩子。”老赵头对大儿子说。

赵有财闷声不响地跟着父母进了原来的家门。度日如年地等着阿兰的消息。

但阿兰还没回来，村里却又出了桩命案，张三郎被人杀了，尸体被丢弃在一口偏僻的旱井里，被两个躲猫猫的孩子发现的，赵有财隐约觉得此事与阿兰有关。

十

张三郎的死确实跟阿兰有关。

那个姓陈的长官现在被阿兰迷得七荤八素，从第一次见到她就觉得眼前一亮，粗鄙的衣服掩不住妙曼的身材，脸蛋虽然因恐惧有点发白，但更显肤如凝脂，况且哺乳期女人的母性气息不只可以用诱惑两字来形容，浑身散发的淡淡香味，更会令男人勾起记忆深处对母乳的遥远记忆。陈长官贪婪地在阿兰肩颈边深吸几口气，眼睛直直盯着她："说，你要跟我谈什么？"

阿兰毕竟来自风月场所，看到陈长官的眼神和动作，立即在心里有了底：好好利用这个男人，不但一家人性命无忧，还可以除掉对自己有威胁的人。

"长官，我家小叔子没有参加新四军，告密的人对我怀恨在心才诬陷我全家。"阿兰一脸委屈，接着把家里的前后事情全部讲了出来。陈长官听得一脸诧异："你真嫁给了外甥？"

阿兰红着脸点点头。刚开始陈长官还觉得阿兰是个胆小本分的农村少妇，这件事一说，立即改变了看法——"好淫荡的女人！"这倒使他相信了张三郎来告密的初衷：争风吃醋，得不到手就想害人全家。他从心里开始讨厌张三郎这个猥琐男人。同时也认定使眼前的女人就范将会是手到擒来的事。

"赵有亮真没参加新四军？"陈长官已从背后紧紧挨着阿兰了，"你如何证明？"

阿兰虽心里害怕但也故作镇定："他去上海学手艺了，你们可以去查。”

浑身发抖的阿兰已无处可逃，觉着一双手已经摸到自己的胸前，但她根本没想过要反抗，因为本来这就是自己预料的结局，也是自己用来下注的唯一筹码。所以在审讯室的条桌上，陈长官很顺利地以另类的方式对阿兰用了“刑”，求生本能也让阿兰全力讨好着这男人……

事毕，陈长官非常轻松地对阿兰说：“你先回去吧，我要仔细调查下赵有亮的事情，明天再传你。”

连续三天的伺候，陈长官身心俱得到释放，心情大好，传出命令：赵有亮参加新四军一说属子虚乌有之事，现将赵家老小当场释放，并着力追究恶意毁谤他人扰乱时局的张三郎之责。

阿兰当时是在特定的环境之下嫁给了赵有财，这样一个习惯了由别人伺候的女人如今过的却是粗茶淡饭的贫苦日子，与陈长官交易的三天中，她领悟到了权力的诱惑不亚于金钱与性，一家人的性命得以保住了，现在该铲除当时祸害自己的坏人。

三天后陈长官把阿兰带到了一个临时住所，白天负责打扫院子，洗洗衣服，晚上侍寝，阿兰有点享受起这样的日子来，每天晚上如同盼望自己男人一样盼着陈长官回来，然后早早洗漱完毕在床上等他。事情至此，好像已经背离了强权下的凄惨奸淫，反而有点你情我愿的意思，这一段后来也成了阿兰被赵有财一世诟病的话题。

过了大概一个星期，两人之间的熟稔程度不亚于夫妻，阿兰觉得是时候吹吹枕边风了。当晚办完事情，阿兰趴在陈长官耳边轻声问道：张三郎后来怎么处置的？

“打一顿放回去了。”

“哦。”

“怎么？不满意？”

“没有啊。”阿兰侧了过去。

“那我派人把他杀了呗。”陈长官半开玩笑地扳过阿兰，摸着她鼓鼓的胸部，“肯定让你开心。”

几天后真有人发现了张三郎的尸体。兵荒马乱的日子死去一个懒汉根本没人多问，就像死一只老鼠死一条臭虫一样微不足道，几个好心的邻居帮忙把他草草掩埋，以后再也没有人来提起此事。

快半个月过去了，阿兰还没回家，风言风语又开始到处流传。

“阿兰被国民党里的长官看上了，又跟别人去了。”

“婊子出身，水性杨花。”

“赵有财报应来得真快。”

当时同情这家人的人现在一边倒地对他们讽刺挖苦。

赵有财一家白天遭人唾弃白眼，晚上孩子吵闹不停，愁云惨雾笼罩着全家。赵老太在老头子面前哭诉：“真正作孽啊，家里自打这女人进门咋不得安宁啊。日子过不下去了。”老头除了“吧嗒吧嗒”不停抽着水烟，找不出任何话来安慰老太婆。赵有财更如一个一触即破的皮球到了爆裂的边缘。就在第二天，阿兰回来了。

十一

因驻地部队换防，陈长官的人马即将开拔调往别处，新来此驻扎的队伍很快就到，所以陈长官不得已将阿兰送回了家。半个月下来他对这个标致又骚浪的小娘子有一种欲罢不能的迷恋，要不是离开启东他还准备留她几天，但军令如山，不可以拖延一天，更不可能带着她随部队一起撤走，背负骂名事小，被上峰得知那可是掉脑袋的后果。所以，尽管不舍还是差人送她回家，临别前他给了她十几块银圆和几听美式罐头，并派车将她送回去。

那还是 1948 年，乡下人哪里见过这种阵式？普通人的交通工具就靠两条腿，实在出远门，推一辆木制独轮车，脚踏车也是稀罕物品，我奶奶说，看见过黑老鸦骑着自行车从埭路上跑过。现在阿兰乘的可是军用吉普。不管在地头还是屋内的人都丢了手中活计，围了过来看热闹。

“啧啧，好意思让人用车子送回，真当自己官太太了哇！”

“看赵家今次怎么收拾这骚狐狸。”

“人家就是奔着骚狐狸在一起的，干吗收拾？”

“我看你是羡慕了？要不你也去陪人家几夜？哈哈。”

顶着那么多闲言碎语，阿兰低着头匆匆跑回了自己的小茅屋，紧紧地关起了门。她都不敢去南宅看自己的儿子。

在地里干活的赵有财得到消息也扔下活赶了回来，从他额头上突起的青筋，深锁的眉头，紧紧抿着的嘴，看得出这男人愤怒到何种程度。他没去父母家把娃抱回家，直奔小茅屋而去，看热闹的人群也如潮水般涌到他家门前去了。

他一脚踹开门板，揪起阿兰衣领啪啪两个耳光，打得女人哭都哭不出来，只见着有两行眼泪滚下。

“你这贱人，还知道回来？还有脸回来？你咋不死在那里？”赵有财连打带骂，也顾不了这么多看热闹的街坊，尽情发泄着自己内心的怒火。眼看着女人被他打得动不了了，众人才觉得事情严重，大家现在一致认为赵有财的第一个老婆就是被他打死的，现在再没人阻拦，阿兰也快被打死了，好几个人上来劝阻赵有财：“有话好好说，孩子还在吃奶，你这么打，打死人了，孩子谁带？”

“赵有财，你有本事保你全家性命哇？你女人好歹救了一家老小，你还蛮不讲理打人？你还算男人？”我爷爷在人群中说话了，“你丢人现眼在前才被人抓了把柄，出了这档子事，我劝你到此为止，好好过以后的日子。众邻居大家也散了，没啥好看，别掺和他们家事。”

被我爷爷这么一说，赵有财住了手，蹲地上不作声了，众人也渐渐散开。

这时赵老太抱着孩子颠着小脚颤巍巍来了：“作孽啊，你还嫌现世宝现得不够啊？老赵家的脸被你丢光了我和你爷都没地方说，你现在倒嫌自己娘子给你丢脸了啊？”她将孩子交给了赵有财，看了看躺地上动也不动只有流泪的阿兰，叹口气转身回家了。

现在，赵家老两口儿心情很复杂，这件事的源头是因为阿兰这女人，但关键时刻也是她救了全家，虽然手段不光彩，但对于一没钱二没靠山的农村人，还能有什么更体面的方法来摆脱生死攸关的困境呢？从先前的死不承认，扫地出门，到如今随着孩子的出生，一家子又共同经历了生死劫难，老两口儿认命了，默认了阿兰由弟媳成了自己的儿媳。

“过两天叫他们来吃顿饭，棚里捉一只鸡杀杀。”老赵头边抽着水烟边吩咐老太婆，“孙子饿了好几天了，给补补。”

再说赵有财在人群散去后，自己的怒火也褪去了很多，仔细想想也实在找不到更好的办法保全全家性命，可实在咽不下这口气的就是在眼皮底下，自己的女人和别的男人做着交易。还被扣留了这么长时间，他想象得出阿兰为了生存献媚卖力的样子，怒火又腾地升起，把孩子一放，将阿兰拎起扔到床上全部剥光开始折磨这女人，可怜的阿兰刚被暴打，现在又被这么折腾，真有种生不如死的感觉，因为那根本不算男欢女爱而是在被自己的男人强暴。赵有财发泄完了，看着女人奄奄一息的样子，心里顿觉一阵难过抱着她号啕大哭。而阿兰自从那一次以后，原来对赵有财的爱和依恋已荡然无存，觉得他和张三郎也没多少差别，也是个胆小猥琐窝里横的男人，但既然已违背伦理跟了他，还有了孩子，也就认命了，但以后的日子赵有财再也看不到那个眼波流转，脸颊泛红的鲜活美少妇，只有一个眉眼低垂唯唯诺诺的普通农妇，机械地跟他过着一潭死水般的日子。

十二

无论过去还是现在，夫妻间相处之道：能够有语言沟通就千万不能动手。因为有了第一次，以后就是无数次。自从那一次后，赵有财打娘子已成了家常便饭，一不称心就摔东掼西，骂骂咧咧动手打人，早先那个关心体贴的男人已一去不复返，阿兰哀叹着自己的不幸，但离开他又走投无路，心中苦闷到无以排遣时，她居然好几次怀念起那段被陈长官扣押的时光，那是她第一次体会到作为一个女人被一个男人迷恋和宠爱的感觉，那个幽静的院落，带着阳光味道的被褥，和那个一见到她，眼光就变得痴迷温柔的男人，都已成了她内心深处最隐秘的珍藏，也成了她在凄惨现实中苦撑的动力。她甚至有了很荒唐的念头：哪一天实在过不下去了，出去找他。那当然是绝不可能的事情，但有了这精神支柱，以后赵有财每次打她，她尽量忍住疼痛不哼一声，并用倔强的眼光看着眼前这个疯狂的男人，她越这样，赵有财就越愤怒，下手也更重。

所以先天已经欠缺，加上后来打打闹闹的环境，养育出的孩子注定了有别于其他小孩。

赵有财大儿子到了五岁还不讲话，要什么只会用手指着“嗯嗯嗯”示意大人，话不会说，走路却很快，经常一眨眼孩子不见了，茅厕边，埭路上，山沟旁到处瞎跑，明明刚才还在门口玩着泥巴，一会儿从鸡棚那里传来母鸡惨叫声，大人还以为大白天遭遇黄鼠狼，忙赶去一看，这小子隔着芦苇笆抓住一只母鸡在拔鸡毛玩，赶紧拎回家，可不到一会儿又出现在沟边玩水，这次是徒手捞小鱼。一到傍晚脏得像泥猴，只剩两只眼睛是白的，其余都看不清颜色。

百姓的生活看似几十年如一日般贫穷而乏味，但其实国内的形势已是风起云涌，国共两党从开始的胶着状态，到后来国民党形势如江河日下，共产党摧枯拉朽般捣毁了其一道道号称“固若金汤”的防线。我爷爷经常从地下党组织带回一些重要信息，并秘密组织过一些青壮年，推着独轮车为前线运送粮草衣物。

“唉，不知道有亮现在在哪里，一点儿音信也没有。”孙万年很自然地端起我爷爷家的一个空酒杯，自己倒了点酒，一饮而尽，“我是替我家美云担心，茶不思饭不想的，好端端一个女娃娃眼看着快病倒了。”

我爷爷拿起酒瓶又替孙万年满上一杯：“等等吧，虽说枪炮不长眼，但凡事还得往好的方面去想。”

1948年底，还乡团开始疯狂抓人，逼迫乡亲们供出哪些人是共产党员。一时间，这个偏远的江边小县上空，布满着白色恐怖的阴影。此刻，无论是赵家还是姜家都过着担惊受怕、度日如年的日子。

1949年4月底的一天，孙万年从镇上带回了一封信，收件人是姜美云。他急急忙忙回到家里，把信交给了大女儿，姜美云一看寄出地是南京，信封上的字体再熟悉不过，是赵有亮的笔迹，激动得把信紧紧捂在了胸口，飞奔到房间，用颤抖的双手拆开了信件：亲爱的美云，我们胜利了！信的一开头，赵有亮用了特大的字体写下了这十个大字。姜美云刹那间眼泪夺眶而出，多少担惊受怕，多少无望等待，今天终于拨开云雾见青天了！她一字不漏读了整整三遍，赵有亮告诉她，解放军取得了渡江战役的胜利，继而夺得了最终的胜利。“可是，美云，我现在暂时被留在了南京，这里百废待兴，上级安排我先在此地开展新的工作，马上要成立新中国了，手头的事情千头万绪啊。美云，等我忙完这一阵，马上回来迎娶你做我的新娘，你不知道，我盼这一天盼了多久！”姜美云的眼泪早已经把信打湿了一大片，她在心中默默回应：有亮，你不知道，你再没音信回来，你也许就见不到我了……

1949年，贫苦百姓终于翻身做了主人。“那一天，我们埭上此起彼伏的鞭炮声整整响了一天一夜。”爷爷后来这样说起过那一天的情景。

全国解放了，曾经的佃户如今成了新社会的主人，整个乡村一派扬眉吐气的景象。姜家原先的几十亩地因为新政策，只留下一部分地皮作为养家糊口的来源。姜老太偷偷哭了几十次，祖传下来的财产就这么没了，实在有点想不通。后来准大女婿告诉她，现在是人民民主社会，劳苦大众当家做了主人，所有土地都归国家所有，不再是私有财产，人人靠自己双手吃饭，不能剥削别人劳动的成果。听着大女儿读给她听的赵有亮写来的信，她还是似懂非懂。

全国刚刚解放，好多事情出现了反转，原来姜家对赵家居高临下，一不称心就拿儿女亲事要挟；现在成了赵家对这个准亲家不以为意了。所以，后来的街坊邻居们在逢年过节时，经常会看到姜家老两口儿拎着各种东西去看望赵家老两口儿，以启东农村人家的迎娶习俗，都是男方在各种节日上给女方送礼，几乎没有反过来的人家，姜美云对父母的行为也持极力反对的态度，她始终守着赵有亮那句承诺：“一解放就来娶她”，笃信他会在一个风和日丽的好日子为她披上嫁衣。根本不需要父母如此舍下老脸去巴结老赵夫妇，而嫁女心切的姜老太倒是一点儿也不觉得尴尬。

赵有财家在新中国成立后分到了地皮，还分到了布匹家具等日用品，当他一个肩膀扛着一张红木的春凳，另一只手拿着一匹花布回家时，阿兰立即迎了上去。“很重吧，我来搭把手。”将赵有财手里的布匹接了过去，“这是洋布啊，真漂亮。”难得开心的阿兰欣喜地抚摩着布匹，没注意到赵有财脸色阴沉了下来。

“看见花洋布那么高兴？是不是想着穿了花衣裳又去浪？”随即“嘭”一声将春凳往地上重重一放，头也不回地走了出去。阿兰呆呆地拿着布看着男人远去的背影，流下了伤心的泪水。这时候她儿子赵大宝正拖着一只被他吊死的小猫尸体玩，阿兰看着儿子居然玩这么残忍的游戏，内心更加绝望，拿过屋前的笤帚抡起来就打他。

“姆妈，不要打！”赵大宝居然开口说话了，阿兰扔下笤帚不知道是难过还是惊喜，紧紧抱着儿子大哭起来。

十三

“大宝，你会说话啊？”过了一会儿，阿兰用自己的衣袖在儿子的大花脸上擦了几下，“那你为何一直不开口啊？我们都以为你是哑巴。”阿兰边说眼泪又掉了下来。

“姆妈，我不想说话。”大宝回答。

“好了，现在儿子开口了，你爷该高兴了，去，把你爷找回来。”

“我不高兴去找他。”大宝居然一口拒绝。

“你这孩子，他是你爷。”

“他一直打你，不找。”

阿兰的心里五味杂陈，没想到虽然儿子一直不说话，但啥都看在眼里，这打小就记恨上自己的亲爹，往后日子长着呢，爷儿俩咋相处啊？难道真的是报应吗？阿兰心里又痛苦又担心，一时气急居然晕了过去，这下大宝慌了，哭喊着姆妈，见娘还是没反应，撒开腿就跑出去叫人，正好遇上老赵头。

“公公，我姆妈死了。”

老赵头吓了一跳，第一次听见孙子说话已经很意外，又听说媳妇死了，更加惊慌，跟着孙子急急忙忙跑到阿兰家里，果然看见阿兰倒在场心里，老赵头又是掐人中又是用冷水喷脸，好不容易阿兰醒了过来，公孙两个搭着手把阿兰扶到床上躺下。

“有财呢？”

老赵头问阿兰，阿兰头往墙一侧只顾着淌泪水没说话。

“这贼无良心的，娘子晕过去了都不知道，我找他去，大宝，照顾好你娘。”老赵头气呼呼走了。

赵有财负气出门也没走远，只是到了原来住过的房子边转转，自从原来的老婆孩子死后，他搬去和阿兰同住至今，这屋子一直空关着，家里本来也没啥东西，被原来的丈人家一倒腾更加破败不堪，一无所有。几年过去了，一家人都觉得这屋子不吉利，所以任凭它锁在那里不作修缮，赵有财从窗口往里看看，屋子里的泥地上杂草都长了出来，偶然还有一两只老鼠窜过。

“唉！”他叹了口气，一下蹲在屋门口，慢慢掏出他父亲的水烟管，抓起一小撮烟叶，吹亮捻子点起，深吸了几口，在飘起的阵阵烟雾里他仿佛又看到了死去的两个孩子，正趴在门口玩着蚂蚱，耳边又响起他们咯咯的笑声，想起原来的老婆坐在织布机前“吱吱嘎嘎”踹着脚踏板，一梭子一梭子地纺织着全家老小一年的衣着，本来以为平平淡淡的日子可以重复到老，可事情发生得如此突然，自己一时的冲动令好端端的一家人只剩下了他一个，他心里也不止一次地内疚过，觉得对不起原来的老婆孩子。后来与阿兰一起生活了，又有了孩子后逐渐冲淡了这种感觉，但是自从那次家人被抓，阿兰出面向陈长官求情，后又被扣半个多月，这事成了他心里再也跨不过去的坎儿，他可以不计较阿兰的从前，但跟了他以后再与别人有染，就觉得咽不下这口气。看阿兰也越来越不顺眼，他曾经迷恋的妩媚妖娆，现在觉得是骚浪淫荡，总觉得她的眼神会不由自主地勾引别的男人。所以稍有不称心非揍她一顿才觉解气。打过以后看着阿兰强忍痛苦、心灰意懒的样子又后悔不已。

赵有财一直处于这样的怪圈走不出去。今天阿兰无意中对花布表示出的兴趣，又戳中了赵有财的心病，于是憋着一股子气甩手出了门，心里闷得慌便又来到了原来的屋前，想起在这间屋子里度过的虽贫困但心安的时光，却已恍若隔世。说不清是懊恼还是痛苦，赵有财一罐接着一罐猛抽着烟，直至被呛得一把眼泪一把鼻涕地咳个不停。这个他曾经觉得老子抽得很龌龊很难闻的水烟，现在经由自己的亲身体验，居然觉得既解乏又提神。烦心的事情可以暂时搁一边，尽情享受着烟草的辛辣味。

“有财，你娘子晕过去了还不回去看看。”正蹲靠在门前抽烟的赵有财，被他老子一声吼吓得一激灵，烟壶差一点掉地上。

老赵头抓过烟壶塞进自己的口袋：“你死这里干吗？快回家去，大宝会说话了。”

赵有财从老子前言不搭后语的骂声里搞清了两件事：娘子晕了，大宝会说话了，这都是出乎意料的大事，他忙站起身快步向阿兰的小茅屋——自己现在的家走去。

一进屋只见阿兰靠在床上，大宝端了个碗在喂娘喝水，一见他回来，大宝对他怒目而视，哼了一声不再理他。

赵有财见阿兰脸色苍白，有气无力的样子，心里也有点后悔，想接过大宝的碗由他来给阿兰喂，没想被大宝一推："你以后再打姆妈，我长大了打你。"

赵有财又惊又气，惊的是大宝真的会说话了，气的是说的第一句话居然是威胁自己。他扬起手臂朝着大宝就是一个耳刮子："反了你了，看我不先打死你。"

没想到大宝一抬手就将手里的碗直接砸向赵有财，正中他鼻梁骨，赵有财的鼻子里马上淌出了血。阿兰一见这阵式，大喊一声"不得了了"又晕了过去。

这父子俩暂时停止了争斗，又是一番拍打指压把阿兰弄醒了。阿兰睁开眼看着这父子两个，沙哑着嗓子哭道："这日子以后还咋过啊？不如让我死了算了。"

"姆妈，我以后不惹你生气了，你快点好起来。"大宝趴在阿兰枕边搂着她的脖子。

赵有财则一边擦着鼻血一边气哼哼地去灶边烧火做饭去了。

十四

时间已到了 1952 年底，说好了全国一解放就来迎娶姜美云的赵有亮，部队进驻到南京后，上级立即安排他的工作重心转向筹建一所专职培养部队干部的大学，选地址，找老师，觅学员，开学科，千头万绪的工作等着他一一去落实，所以婚期只得一推再推，难以排解的相思之苦只有寄托于两地书信往来。白天忙完一天，夜里在宿舍昏黄的台灯底下，给心爱的姑娘写去一封封情意绵绵的书信，本来已极度疲乏的躯体一拿起笔来居然不觉劳累。尤其收到姜美云的回信，他每次要激动好几天，一遍遍读到几乎背得出信的内容。从姑娘娟秀的字迹，温柔的语句里，赵有亮似乎看到了姜美云美丽的脸庞，灵动的大眼，温润的小嘴，读着读着便忍不住在散发着幽幽香气的信笺上偷偷亲吻几下，仿佛在亲吻着自己可爱的未婚妻。

远在家乡的姜美云对于赵有亮每一句爱的话语都深信不疑，哪怕他现在身处大城市，又是官居要职，但她始终坚信那天的承诺如同一张无纸的婚约，只需等机缘到了，一切就会水到渠成。

终于在春节前一个星期，赵有亮来信告知家里春节要回启东完婚，将姜美云迎娶到家，然后一起去往南京。这对姜家来讲是件头等大事，大女儿的婚事终于要尘埃落定，完婚后还跟着去大城市生活。那真是祖坟冒青烟的喜事，孙万年在跟我爷爷喝酒时，得意地说："没想到有亮这小倌当了这么大的干部对我家美云仍有情有义，找到这样的好女婿我家屋檐都高三尺。"

我爷爷打趣他："有了当大官的女婿，以后老太婆再拎你耳朵，你向女婿告状去。"说得孙万年讪讪地将一小杯酒一饮而尽。

姜老太则一边忙着准备大女儿的嫁衣，一边教导着小女儿："你姐幸好我替她把关才找了个好男人，你以后找婆家也要听我的，不能随随便便嫁人，万一找到像你爷那样窝囊的男人你就倒霉了。"

"我爷怎么啦？家里田里都是他在忙，人家还是上海人呢！"小女儿顶嘴道。

"他洗件衣服都洗不干净，田里活干得也马虎，他倒是有本事回上海去啊，不怕我把他耳朵撕下来。”

小女儿掩嘴偷笑着跑开了，剩下姜老太还在那儿絮絮叨叨数落着老头子的不是。其实街坊邻居都知道，姜家老太虽然整天责骂孙万年，时不时还来点撕耳朵之类的小家暴，但两口子还是蛮恩爱的，家里好吃的姜老太都会替老头子留着不许孩子们碰。

东条里的老赵家也忙开了，赵有亮回家娶媳妇，父母得准备一间婚房，老两口儿想来想去最终决定让出自己住的房子给小儿子结婚用，他们则暂住东边两间废弃房。

老赵头去找赵有财商量，赵有财回答：“我现在的家就安在这里了，南边的房子随便你们怎么处理。”他不想再勾起揪心往事，所以对于那两间承载着太多痛苦记忆的房子，决定先在地理位置上彻底割断，然后慢慢在心里抹去所有印记。

老两口打开锈迹斑斑的铁锁，推开吱吱呀呀的木门，将迎面撞上的蜘蛛网拨开，开始用簸箕一趟趟清理出大量碎砖破瓦，残碗铁片，再用短锄一点点铲除地面墙角的杂草，将已经塌了的灶台请人砌好，房间里的床重新安放位置，经过两天的收拾，屋内已焕然一新，老两口儿将自己的生活用品全部挪了过来。

正式入住那天，赵老太在屋前东南角烧了几只纸元宝，口里还念念有词：“阴归阴，阳归阳，这些元宝拿去花，希望你们早点去投胎。”临了还专门放了两个炮仗，意为驱鬼辟邪，毕竟屋里横死过人又久没人烟，哪怕曾是自家人，内心还是很恐慌，这一系列仪式一做，最起码心里有了安慰，没那么害怕了。

赵有亮的新房里最显眼的是安放上了那张大理石桌面的梳妆台和一张超豪华的暖床。何为暖床呢？就是一张床内的配置相当于一间小型卧室的功能。老式床的前面都有一个木制的踏板，暖床则将踏板周围都用木结构的框架封闭起来，在前面留了一个雕刻着花鸟人物的精美拱门供人出入，拱门两侧挂着布帘，白天布帘挂起，第二进就是一张木床，晚上放下布帘就是个极私密的空间，踏板的一头安放一只马桶箱，另一头放置一张太师椅之类的凳子，这种床只有大财主家有条件拥有，贫困人家闻所未闻，老赵家的那张暖床就是当年打土豪分到的，据说是来自花家仓。一切安排停当，现在只等着点亮红烛迎接一对新人入住了。

十五

过年前两天这里下了一场大雪，道路房屋地头都被厚厚的积雪覆盖着，一片白茫茫景象，本来光秃秃的树枝有了白雪的装点居然变得婀娜多姿起来，风一刮“扑簌簌”掉下的雪落在行人的脖子里，刹那间会冷得心都打战，行色匆匆的人们也顾不得抱怨，拍几下衣服继续赶自己的路，庄稼人早就期待这场大雪，预示着明年将有一个好收成。

也就是在此时，抓捕无处觅食的麻雀成了孩子们最开心的游戏，扫出一小块空地，用牵着线的细树枝撑起一只簸箕或筛子，底下放一些饭粒，人远远躲着，一会儿准有麻雀飞来，待其钻入器物之下，绳子一拉，一抓一个准。

赵大宝和几个小伙伴正在自家场心里玩得不亦乐乎，眼看一只饥饿的麻雀就要钻进簸箕底下了，他紧张地准备拉线，不料一阵“咯吱咯吱”踩着积雪的脚步声由远及近，将雀儿吓飞了，正懊恼呢，一抬头只见一个穿着军装的威武军人已站在了他旁边，赵大宝和几个小伙伴都直愣愣地站在那里，抬起头看着面前的陌生人，谁也不知道说啥，还是那个军人笑眯眯摸着赵大宝的头：“你叫大宝吧？你爷娘呢？在家哇？”

大宝举起衣袖擦了擦冻得流下来的鼻涕，转身就跑回家，推开房门，对着有孕在身的阿兰喊道：“姆妈，有个解放军叔叔来家里了。”

阿兰放下手里的针线活，跟着大宝来到门口，一眼就认出了赵有亮，急忙扯起大宝衣服说：“快叫小伯。”接着很谦卑地招呼赵有亮进屋坐。

“大宝快把你爷叫回来。”

大宝立即飞奔出去叫人。

赵有亮坐下以后开始打量这个家，虽简陋但收拾得很干净，说明女主人是个手脚麻利的人。再看眼前这个由小舅妈变成自己嫂子的女人，传言中的妖娆妩媚已与她毫不搭界，眼前的女人脸色苍白容颜苍老，习惯于低垂着的眼睛偶然抬起，目光显得慌乱呆滞，身上穿着粗布衣服，系着一条黑色展裙，头上包着一块蓝印花布的头帕，略显臃肿的身躯大概怀有五个多月的身孕，自己阿哥当年不惜众叛亲离得到的女人现在已和大部分农妇一样，再也找不到一点儿与众不同之处，赵有亮的心中有些不是滋味，他也听说了阿哥经常动手打娘子的恶行，但一个女人短短五年内被折磨成这个样子，他却远没想到。曾经憎恨她差一点搅黄自己婚事，现在赵有亮倒是有点同情她的遭遇。但清官难断家务事，尤其对于这桩曾轰动整个埭的不伦之恋，谁也不知道该如何评说，只能解释为她在自食其果吧。

赵有亮惊讶也好难受也罢，只是内心的翻腾，脸色却一如常态。“嫂子，年初二和我哥还有大宝一起来家里喝喜酒，”边说边将拎在手里的几个盒子放桌上，“时间太紧没买啥，几盒糖果算是给大宝的新年礼物。”阿兰忙不迭道谢，“自家兄弟不用这么客气的。”

正寒暄着，赵有财跨进了家门：“有亮啊，你啥时到家的？我在西桥头咋没看见你呢？”

“我从蒿枝港过来的。我跟嫂子说了，初二来家里喝喜酒。”邀请完毕，赵有亮起身准备离开，任凭赵有财再三挽留吃了晚饭回去，赵有亮还是执意离开了阿哥家，一走出屋门，立即有种如释重负的感觉，他不喜欢这种怪异的家庭氛围，更不知道接下来该如何与兄嫂叙旧聊天，好像到处都是潜在的暗礁，不小心牵出任何一桩陈年旧事都会让气氛尴尬万分。

赵有亮回到爷娘家里，东西宅的邻居已围了一屋子，都来看从省城回来的赵有亮，老赵头夫妇开心地发着糖果招呼众邻居。大家都在七嘴八舌夸着赵有亮那么有出息，老赵家那么有福气，几个姑娘看着英俊挺拔的赵有亮，心中更是万分羡慕姜美云能找到这么优秀的男人。几个娘子提议去看看新房，赵老太喜滋滋地拿起钥匙颠着小脚去开西房头的门。一大群娘子笑着闹着挤了进去。

“哇，这梳妆台真漂亮哪！”

“把床前的布帘挂起来让我们看看新娘子嫁过来的被褥。”

赵老太将绣着花卉的布帘朝两边拉开，只见一张挂着红色蚊帐的大木床赫然显现，床上铺着缎子被面的棉被，一对绣着鸳鸯戏水的枕头并排放一头。

“有亮啊，年初二夜里你和姜美云悠着点啊，新娘子这么漂亮，新人床又这么温馨，我看你们都不思量起床啦，哈哈。”

“明年让你爷娘抱一个胖孙子。”

赵有亮这一个大小伙子如何经得起一大群娘子的戏谑，早红了脸找了个借口逃出了房门，可是心里头觉得非常甜蜜，他更加期望时间过得快一点，好早日将美云拥入怀中。

十六

姜家宅上也充满着繁忙但甜蜜的气氛。姜老太将多年前就已开始准备的女儿嫁衣一件件挂在衣柜里，有特地去上海选购的缎子棉袄，有红黑毛呢格子外套，最显眼的是一件红色缎子棉裙，中式立领，如改良了的旗袍裙，这在二十世纪五十年代的农村，是根本没人见过的稀罕物件，姜老太骄傲地对来串门的邻居说，这是她专门让老头子带了女儿的尺寸叫上海老师傅做的嫁衣，上海滩上也找不到第二件，在邻居们的羡慕惊奇中，姜老太的虚荣心得到了极大的满足，想起自己当年招上门女婿，因家里反对，没好好办婚礼也没穿上漂亮的嫁衣，这是她心中永远的痛，也是老头子常年被她数落但不敢还嘴的原因之一，现在她要嫁女，就把当年自己的遗憾通过女儿的婚礼来弥补上，女儿的嫁衣极尽时尚与亮丽，非要让众人铭记它几十年。

姜美云的嫁妆在几天前的好日子里已经拖到了赵家宅上，三大板车，一口放被子的大木柜，一口带着穿衣镜的衣柜，三个樟木箱子，一个如太师椅般的马桶箱，还有一些方凳茶儿之类的小物件，及几床被子。在刚刚解放不久的乡村，如此豪华的嫁妆埭上找不到第二家。看热闹的人们不知是嫉妒还是羡慕，暗地里窃窃私语：“这种人家当年没评富农真是不公平。”

年三十姗姗来迟，夜幕降下时，家家户户都围坐一起热热闹闹吃团圆饭过幸福年，孩子们的笑声，大人们的吆喝声，回荡在还点着煤油灯的乡村间，这种遥远但充满人情味的年味，是几十年后离开家乡的游子心头挥之不去的故乡味道，也是他们一生念念不忘的故乡情结。

吃完年夜饭的赵有亮抑制不住心头的思念，出了门去往姜家。进了门，姜家夫妇看见女婿上门来，笑得眼睛都眯了起来，孙万年拉过凳子让赵有亮坐下。

“来陪我喝一杯。”

姜老太嗔怒：“就知道喝酒，让他们小两口说会儿话去。”

赵有亮心中暗笑：还是丈母娘了解我。但还是陪着老丈人喝了两小杯酒才起身去姜美云房间说话去了。

灯下的姜美云正在纳着鞋底。按启东风俗，一个贤惠的媳妇，嫁到夫家去，嫁妆里不仅小夫妻俩的鞋子可以穿几年，还要给公公婆婆，小叔小姑做几双，那时的布鞋从量尺寸，浆鞋面，纳鞋底到上鞋帮，全部手工制作，心灵手巧的女人嫁妆里单单做的鞋子就装了一整箱。专门有好事的娘子们，当着众人面一双一双拎起来给大家看，同时猜测这是给谁做的，当猜到给公公或小叔做的，人群中会发出善意的哄笑。

赵有亮看着烛火映照下的未婚妻，白里透红的脸蛋，长长的睫毛，红润润的嘴唇，情不自禁地说：“美云，你真漂亮。”

姜美云不好意思地低下头去：“你咋来了？不怕人家闲话？”

赵有亮搬过一张方凳坐在姜美云旁边，笑着说：“我来看我的娘子，怕谁闲话啊？”说着手臂试着靠上姜美云肩膀，但被挡了回去。

“再等两天。”姜美云含羞道。

“美云，你不知道我有多想你。”赵有亮在她耳边轻声述说，呼出的热气吹在姜美云耳边，不由让她心醉神迷，“你写给我的每一封信我都可以背出来，你要不要听我背一封？”

姜美云急忙用手捂住他的嘴巴：“不要。”急得她脸更加红了。

赵有亮趁势在她手上深深一吻：“好，不背了。”

“你真坏！”姜美云瞄了他一眼，但手没缩，赵有亮顺势把她拉进了怀里，紧紧抱着那个日思夜想了几年的姑娘，对着她花蕾般的嘴唇深深吻了下去，姜美云想要逃避，但吻着她的这个男人也正是她苦苦思恋的情郎，还是听从自己内心最真实的感受：就这样接受吧！陶醉吧！两颗年轻的心终于贴在了一起，瞬间迸发出了绚烂的爱情之花。

情话呢喃的夜晚，时间总是过得飞快，初吻的滋味更是让人目眩神迷，姜家堂屋里的钟打了十二下，老两口及小女儿早已进入梦乡，屋外的爆竹声由远及近依次响起，大年初一已经来临，赵有亮还是磨蹭着不走，如同世间所有坠入情网的男子一样，他在心爱的姑娘面前也犯了傻，不停地凝视，拥抱，亲吻，让一个军人的毅力慢慢在这甜丝丝的氛围里瓦解……就在他彻底晕眩前终于被姜美云半推半搡请出了家门，一步三回头回到了自己的家。

十七

大年初一那天，一扫前段时间的阴霾，太阳终于露了一小脸，地面和房顶的积雪也在慢慢融化，气温却要比前两天来得低。这是一年中最悠闲的时光，忙了一年的人们此刻都在相互串门或结伴上街。特别高兴的当数孩子们，穿着娘彻夜缝制好的新衣新裤新棉鞋，口袋里揣着炒蚕豆炒花生，家境好一点的或许还有个三毛两毛的压岁钱。那可是孩子中的土豪，拥有着去哪玩玩什么的决定权。赵大宝口袋里就装着向娘死乞白赖要到的两毛钱，还有小伯买来的高级糖果，于是就成了一帮孩子的头头，他提议去集体晒场上玩“拜老庄”，就是一个孩子站在土堆高处，将爬上来的人一个个推下去，有点占山为王的味道，李家小子犹豫不决，怕把新衣服弄脏弄坏挨爷娘骂，赵大宝鄙视地带着一批追随者走了，将李家小子丢一边，李家小子只好哭丧着脸回家告状去了。

而这个时候大部分人都聚在姜家宅上看热闹，因为他家门口来了一个“跑发财”的人，正说着连头话，逗着大伙哈哈大笑呢。

这是个个子矮小的，穿的衣服有点邋里邋遢，戴着一顶破毡帽，正挨在姜家门口妙语连珠：“姜家有女初嫁了，女婿帅气才华高，门当户对百年好，开年生个小宝宝。”说得姜家老两口心花怒放，给了他两个馒头，几丝年糕。老头子看出苗头这家应该还能给点东西，眼睛一转，又说了几句：“我俚穷人翻身了，玉米稀饭糖搅搅，眼睛吃来红高高。”众人马上一片嘘声：“什么眼睛红高高？重来。”孙万年马上出来打圆场，又给了几丝年糕，让他去别处再说去。“跑发财”老头对着孙万年作了个揖转身离开，后面跟着一大群看热闹者浩浩荡荡一同离开了姜家宅子。

所谓的“跑发财”，就是在春节的特定几天内，有些人拿着竹篮或布袋挨家挨户去要过年东道，圆子年糕什么的，多少不论图个吉利，有才艺的还能上杆子唱个道情啥的，但大多数也就道一句“过年吉祥，恭喜发财”，主人家就乐呵呵拿出自家过年备下的货物，分享一部分给他们。这种“跑发财”的也不都是家里穷得没东西吃，有些人出于勤俭顾家，利用过年时机众人图吉利的心理，替自家搞点副业收入。如今这种有点冷幽默的民间活动已基本绝迹，此行为与纯粹的要饭有很大的区别，源于何时出于何故会有这种讨要方式，大概也是沙地文化中有点特色的一部分。

外面的热闹与家处偏僻又融不进乡村主流的阿兰分明隔着一个世界，独自在家的她此刻很是纠结，赵有亮结婚，自己去呢还是不去呢？去的话遇到赵家老辈里的人怎么称呼？况且自己现在又有了身孕，人家有意无意谈起，这又是个很尴尬的场面，而不去的话，小叔子的人生大事，嫂子在家也没参与，也好像有失礼数。她抚摩着自己隆起的肚子焦虑地在家里踱着步，经过挂着小镜子的柱头前无意中一看，把自己吓了一跳，只见一个面容憔悴头发凌乱的女人正睁着失神的眼睛瞪着自己，她忙凑近一看，鬓角居然有了几根白发，因长年皱眉鼻梁上面已形成一个很深的“川”字，这是我吗？她失落地自问，一直忙于农活家务男人孩子，她早已忘记了好好对着镜子看看自己，今天才蓦然发现原来那个明眸善睐的女子已经成了一个凄苦哀怨的村妇，如果说她曾经在心里还有着一丝对未来的向往，那是基于她觉得自己仍拥有着还算靓丽的容貌，但如今这唯一的资本也丧失殆尽，那还有什么筹码来等待虚无缥缈的美好未来呢？她一下子跌坐在床上，绝望得连死的心都有了。正在此时，外面风风火火进来一个人。

“大宝娘呢？快出来看看，你儿子把我家儿子推得衣服破了鼻子也出血了，管不管啊？”

阿兰连忙走出房门，只见东宅张家娘子正拎着大宝来讨说法，再一看自己的儿子，新衣服上扣子都没了，裤子的膝盖上破一个大洞，烂泥鼻涕糊了一脸，不由抓狂地揪过大宝就是一个大耳刮子，边打边自己也大哭起来：“你这个不争气的，你想气死我啊！”

阿兰这样的失态令张家娘子也愣住了，她不过想让阿兰教训儿子几句，没想到她自己也号啕大哭，大年初一出这种事也太不吉利，她劝了阿兰几句，立即慌忙走掉了。

阿兰哭着将大宝带到家里，打了水替他洗脸洗手，又将新衣新裤扒下，令大宝爬床上去裹着被子免得着凉。自知闯了大祸的大宝看着娘又哭又骂的样子也吓坏了，呆呆地也不出声。待阿兰忙完再去看大宝时他已经睡着了，只是小脸显得比平时红了许多。

十八

大年初二的太阳似乎比前一天更加和煦温暖，晒得屋顶上积雪差不多完全融化，雪水顺着屋檐流淌下来犹如下着雨。没有了冰的小河，几只鸭子在河面来回游弋互相打着招呼，宛如春天已经来临，几天前呼呼吹着的西北风已弱化为微风，风力不大但从领口灌进去还是冷得刺骨。但这么冷的天还是挡不住埭上邻居们去赵家看新娘子的热情。老赵夫妇也是一大早就大门敞开，给来看热闹的邻居们端水发烟递糖果，忙得不亦乐乎。因按农村习惯做的是早亲，新娘子吃完早饭就已被接到赵家，此时已经端坐在新床上了。

只见新娘子穿着红色缎子棉裙，高高挽着发髻，上面还插着一只很精致的银制小梳子。脸上淡施妆容，白里透红的脸蛋配上红润小巧的嘴唇，说不出的妩媚动人，此刻如画美女正羞答答端坐床沿，看得几个小伙子张着嘴，眼光怎么也挪不开了。旁边有一个伴娘陪坐一旁，不时低声与新娘子耳语着什么，同时也充当着临时发言人，招呼人们就座或回答好奇者的一些问题。

老赵夫妇因大儿子婚事抬不起头，现在终于给有出息的小儿子办喜事，也算一雪前耻，一定得风风光光，老两口一咬牙倾其所有摆了三桌宴席，席间鱼肉鸡虾几个大菜一样也不缺，赵有亮的娘姨娘舅叔叔婶婶都叫到场，与其平辈的堂表兄妹住得近的也请到了，老两口满面红光招呼着亲戚，在众人道喜声中体会着被羡慕被尊重的神奇感觉，觉得这辈子再苦再累也值了。

赵有财与几个堂兄妹坐一桌，一堂妹脱口问道：“小舅妈咋没来？”一看赵有财脸色，马上吐了吐舌头不说话了。

这时赵有亮走了过来，边递香烟边问：“嫂子和大宝呢？咋没来？”

“大宝发高热，阿兰在照顾他不来了。”赵有财瓮声瓮气回答。刚才那个心直口快的堂妹惹得他心里已经不太开心了。

“要不要送卫生院看看？打一针或配点药片？”赵有亮问道。

“暂时不要，睡一觉出点汗再说。”赵有财回答。

其实他心里也是不希望阿兰出现在这种场合，如此尴尬的夫妻关系还是远离老赵家的长辈，免得再次遭受他们鄙视的目光。看着自己兄弟如此热闹风光的婚礼，再想想自己的家事，赵有财心里又难受又郁闷，一杯接一杯灌了自己好几杯酒，几个堂兄表弟看着他阴沉的脸色和闷闷不乐的样子吓得再也不敢跟他搭话，一桌子的气氛都因他一个人而变得尴尬压抑。赵有财也知道自己有点不合时宜，所以吃了一会儿就借口去看大宝提早离席了，众人这才松了口气又开始说说笑笑。

两顿宴席在热闹的气氛中终于结束了，亲戚邻居陆续散去，想闹洞房的后生们碍于赵有亮的身份也放不开手脚，所以得了一些糖果香烟也四散了，赵有亮和父母一起收拾好屋子回西屋就寝。

他推开房门，新房内只剩下了姜美云，喝了点小酒的他，带着微醺看着他的新娘正端坐在两进门的暖床上，红色的蚊帐红色的被褥，和身着红色衣裙的新娘子让赵有亮的心一下跌入温柔的海洋，此时姜美云抬起头笑意盈盈看着他：“你吃好了？”

赵有亮加快脚步踩上踏板一下将姜美云抱在怀里，喃喃低语：“不想吃，只想你。”

说着捧起新娘子的脸朝着她的嘴唇深深吻了下去。

姜美云也紧紧抱着赵有亮热烈地回应着他……

燃烧的红烛此刻跳跃着火花，见证了两个苦恋的年轻人终于修成了正果。

新婚之夜，这对恩爱小夫妻的你侬我侬甜蜜恩爱被前几天的几个娘子说着了，真是“一朝春宵恨天明”。

第二天清晨，姜美云在摆托了赵有亮屡次不许起床的“纠缠”后，早早起来搭手公公婆婆做好早饭，打扫屋子，收拾完毕去叫赵有亮，替他把衣服裤子拿到床边，赵有亮看着自己的新娘忙碌的样子也十分可爱，趁她拿衣服过来的时候又一下子把她拽住，抱着她的手臂不肯松开，姜美云才发觉，那个威武帅气的男人，现在居然像小孩一样黏人，不由觉得又好笑又甜蜜，只好在他脸上亲了一下，他这才满意地爬了起来，以军人特有的速度，迅速穿好衣服，洗脸刷牙，去吃早饭。

赵老太看着小儿子略显疲惫的脸色，又默默替他加了两个水煮鸡蛋，姜美云见他吃得如此狼吞虎咽，想起昨夜两人的缱绻恩爱不由脸泛红晕，匆匆回西房收拾床褥，她要赶在亲戚邻居来串门前将新房整理好，不能有一丝凌乱痕迹以授人笑柄。

十九

年初三新娘子回门，吃完早饭小两口带上礼物去看望新娘子父母，还没进门，就听到从屋里飘出的阵阵笑声，原来大家都知道今天的日子，八九个邻居早聚集在姜家宅子，等着看新女婿上门呢。赵有亮与众人一一打了招呼，孙万年夫妇搬了凳子让大家坐下，又让小女儿给大家发糖果倒开水，有人打趣：“大女婿这么有出息，将来小丫头找的对象肯定错不了，老孙头，你福气真好。”说得姜美玉红着脸跑开了。

说这话的就是那位拎着大宝找阿兰讲理的张家娘子，名字叫李玉萍，她男人名叫张建昌，夫妻两个也是埭上一道风景，男人很瘦，个子也不高，还戴着一副深度近视眼镜，女人则个子很高，块头又大，夫妻俩经常一言不合大打出手，女人哪怕人高马大但也经不起小个子男人拳脚，经常被打得鼻青脸肿。有一次，在一个大冬天，张建昌生生将娘子打到了民沟里还不罢手，直到他哥嫂在岸上威胁再不上来把他小舅子叫过来，他这才骂骂咧咧上了岸，接着娘子也被人拉了出来。脾气这么剽悍的男人，平时与邻居们打交道则一直笑眯眯的，时不时还装个斯文，说自己近期刚看完一部小篇长说《大刀记》啥的，引得众人哈哈大笑：“我看是长篇小说吧？”

他抬起深度近视的眼睛看着反驳者，很认真地说：“我看的就是小篇长说，明明很简单的情节，非写那么厚一部书，还不是小篇长说？”

那时文盲比较多，被他这么一说，倒找不出反驳的理由，但他后来也就落了一个“小篇长说”的外号。

“有亮兄弟，”张建昌很亲热地称呼道，“我们东西宅邻居做了几十年了，跟自家兄弟一样，今天哥哥求你件事，你得帮帮忙。”

“啥事啊？只要不违反纪律，可以的话我一定帮你。”赵有亮笑道。

“在南京帮我们找个事情做做。”李玉萍插话。

“去，男人谈话，女人不要插嘴。”张建昌对娘子喝道，李玉萍被男人一呵斥，讪讪住了嘴。

“是这样的，有亮兄弟，现在田里也没什么活干，我和你嫂子都有点手艺，都会油漆活，想趁农闲到你那里找点事情做，家里三个孩子负担有点重，你看看能不能替我们介绍介绍？”

赵有亮沉吟了会，“也正巧了，我们正在组建的大学，教学楼和宿舍楼都在修建翻新，是需要油漆工，你们有这手艺正好派上用场。”

“对了，你同时再找几个泥瓦匠，我们也需要这批手艺人，等我休完假，带你们一起去南京。”

张建昌听了欣喜万分，再三感谢了赵有亮，便和娘子回家开始着手找匠人和安顿孩子，随时准备去南京干活。

姜家夫妇见女婿这么快就替邻居落实了活计，更觉脸上有光，孙万年也觉得自己上门女婿矮三分的处境终于等到了翻盘的时机，以后再也不会有人小瞧他了。心里一高兴，中午便拉着女婿陪自己多喝了几杯，得意忘形地对着老太婆说：“你以后再对我指手画脚，我就写信告诉有亮，让他给我做主。”

话还没说完当即被老太婆拎着耳朵锁进了房间：“让你逞能，你还翻天不成。”

老太太对着丫头女婿说：“你爷就这德行，一灌黄汤就不知天高地厚，我们吃，让他在里面反省。”

赵有亮和姜美云面面相觑继而偷偷掩嘴大笑。

一顿饭都快吃完了，也没听见房间里有啥动静，姜老太打开房门一看，老头子早倒在床上呼呼大睡了，便轻轻替他盖好被子带上房门走了出来。

“姆妈，我们年初五要出去了。”姜美云说，“年底才能回来。”

“去吧，你到了南京要好好工作，照顾好有亮，我和你爷还有你妹妹陪着呢，放心吧。”姜老太背对着女儿女婿边洗碗边说。

姜美云听出了娘语气里的诸多不舍，想想自己从小到大从没离开过父母，现在一下子要离他们那么远那么久，心里也不是滋味，眼圈也悄悄红了，搂着妹妹悄悄说：“你一定要照顾好爷娘，让爸不要多喝酒，也别让娘太欺负爸。”

姜美玉很懂事地点点头：“你们放心去吧，有我呢。”

不到两天，“小篇长说”就召集了十来个手艺人，就等着年初五跟赵有亮去南京干活。他将三个孩子托付给哥嫂，家里的钥匙也给了他们。那时民风淳朴，大家都不计得失互相帮衬，邻里间如此，兄弟姐妹间更是赤诚相待。

想着自己马上也要去大城市干活，李玉萍既兴奋又惶恐：“你说城里人会不会看不起我们乡下来的？”

“老娘们真没见识，我们都是光荣的劳动者，谁敢看不起我们？不过到了南京你得管好自己的嘴巴，别到处嚼舌头根，我们是赵有亮的老乡，可不能给他丢脸，如果出了差错别怪我拳头不长眼。”

“看把你能干的，你再敢动手，回头我叫我兄弟来收拾你。”

两人聊着聊着不自觉又扯到武力问题，“小篇长说”无趣地使唤娘子：“把我年前腌制的那只猫从土里挖出来，晚上烧着吃了，给孩子们吃顿美味。”

娘子应声出去挖猫肉了。

二十

二十世纪五十年代物质普遍匮乏，尤其在农村，人们一年到头吃不了几次荤腥，平时的主食就是产于江海平原的玉米麦子和地瓜，这里的土壤不适合稻米的生长，所以很难吃到大米饭，平时就以纯玉米面或纯麦粉煮成饭或粥，有时加一点儿地瓜。难得看见的米饭，一定要在重大节日或家里来了重要人物，在锅子最低层卧薄薄的一层，用于招待客人或给孩子们打个牙祭。而在初四那天，张建昌就让娘子煮饭时抓了一小把米，没钱买肉，就挖出那只已腌了一个星期，专门偷小鸡吃的猫（现在已经成了腊肉猫）来做一道荤菜安抚孩子们，一家人正吃得高兴，进来的一个人破坏了张建昌的好心情，他正是明天一起去南京的泥瓦匠，住北埭的李远康。

“我明天不去了，你喊别人。”李远康气呼呼地说。

“你让我现在找谁去，你为啥突然不去了？”张建昌很生气。

“家里娘子不入调。”

“咋呀？”

“偷人。”李远康憋了半天才说出实情。

听他这么一说，张建昌深度近视的眼睛闪出兴奋的光芒，觉得这故事要比看到的小篇长说更有吸引力。他认识李远康娘子，这女人长得又黑又胖，怎么会有人愿意“偷”她？

“被你抓到了？”听到这话题的李玉萍也兴致勃勃。

李远康仿佛找到了倾诉对象，一五一十将事情经过告诉了张建昌夫妇。原来这李远康父母早亡家里特穷，他由哥哥姐姐带大，本人也长得如水浒传里的那个三寸丁谷树皮，又矮又矬，三十好几都没娶到老婆，后来有人介绍了一个嫁过三个男人的寡妇给他当娘子，从没碰过女人的他，也不怕人们传言那女人“克夫”，见过面第三天，就让那寡妇搬过来跟他住在了一起。第二天，几个男人边在地里干活边逗他讲讲和寡妇第一夜啥感觉，他也不忌话题，老实交代第一夜没成事，手忙脚乱找不到地方，那寡妇是殷殷期待，他却刚摸索到门道就缴械，总之白忙活一夜没成功一次，听得男人女人都差点笑岔气。物资匮乏的年代，娱乐方式也单调，难得由本人亲口讲述的床笫艳事，给常年在地头劳作的农夫农妇们带来了莫大的欢乐。而且这种事情流传的时间越久，人们加入的调料也越多，最终发酵成了田间地头的压轴大戏。据说后来还由好事者将其故事改头换面编入了启东特色的系列笑话《乌女婿》里面。

据李远康所说，初四那天中午，一吃完饭他就上镇，准备添置几件明天要带出去的用具，娘子以为他要去姐姐家里借盘缠，一时半会儿回不来，就暗示相好的到自己家里来，两人的好事刚做了一半，门就“吱呀”一声开了，李远康居然回家了，那小个子男人吓得躲在被子里像筛糠，寡妇当然也十分害怕，但还是护着自己的情郎，面对着手里抓着门杠子，火冒三丈的李远康一边大声叫骂“你这没用的男人，你要敢打他，我就跟你拼命”，一边让那小个子男人迅速穿好衣服开溜。李远康要追，寡妇光着身子扑上去摁住了他。

她说现在全国解放了，妇女也解放了，也有追求幸福的权利。李远康最后眼巴巴望着张建昌夫妇说。夫妇俩强忍住笑，同意了他明天不再跟去南京，看他走远了，两个人才笑得眼泪都流了出来 。最终，原本十个人的团队就变成了九个人。

在临行的前一夜，赵家老两口也是各种的不舍与叮咛，赵老太更有一个小心思，希望自己的小媳妇能早日怀上孩子，大宝虽然也是自己的孙子，但总觉得乱了辈分的儿媳，生出的小倌也不招人待见，只有以后小儿子家的后代才是老赵家嫡系子孙，所以再三叮嘱赵有亮，工作别太累，注意点身体，适当增加营养，小两口为让她放心便唯唯诺诺全都答应了下来。

整理完行李，两人出门去赵有财家，说是看看大宝身体恢复没，其实也是跟赵有财夫妇告个别，低矮的小屋来了两个那么标致的人儿，阿兰一下有点手足无措。

“大宝好点没有啊？”赵有亮问道。

“好了好了。”赵有财热情地让座，“热度下去了，现在就有点咳嗽，听说你们明天要走了？”

“是的。”赵有亮回答，“我们要过年才回来，家里父母就全靠你们照顾了。”

姜美云递给了阿兰一块漂亮的方巾，笑着说：“初二你没来，这块方巾送给你的。你皮肤白，扎头上会很好看。”

阿兰一边接过礼物道谢一边偷偷瞟了一眼赵有财，见他没发现，急忙把方巾藏进了柜子里。

“等你生完孩子一定要写信告诉我们一声啊。”姜美云轻轻摸了下阿兰隆起的肚子，“希望是个女儿，和你一样漂亮。”

“只要健康平安，比我命好一点就行了。”阿兰垂下眼睛有点凄凉地低声说道。姜美云找不到安慰的话语，只能轻轻拥抱了她一下。

赵有亮也将拎来的两瓶酒放到桌子上："我们明天一早要赶车，你们也早点休息吧。"

两人随即告辞回家。

二十一

大年初五一大早，赵有亮就带着姜美云及一批有手艺的老乡一起去了南京，同行的每个人都带着对新生活的美好向往奔赴异地他乡。

热闹过后的乡村因此也恢复到了原先的平淡与乏味，虽然年还没过完，但吸引眼球的人离开了家乡，姑娘们看不到心中暗恋的男人，小伙子们也见不到如画一般美丽的新娘，剩下的周遭都是将就，这种时候最容易传播的就是家长里短，所以平时根本没人在意的李远康家事就被众人在茶余饭后津津乐道起来。

因为明明说好了去南京干活，别人都走了，只有李远康留了下来，其中必有原因。但大家想破脑袋也想不到问题是出在李远康老婆身上。居然有人笑话："李远康好不容易寻到娘子，趁农闲非让娘子生个儿子出来，去了南京时间一长就怕寡妇又跑了，所以不能让这女人闲着。"

伴随着戏谑的笑声，有人朝着赵有财说道："女人就得天天搂着，否则一不小心眼皮底下都会被人偷走。"此话正说到赵有财痛处，他立马跳了起来抓住讥笑者一顿狂揍，要不是旁边有人拉架，估计那人肋骨都要断几根。农村里不乏莽夫鲁汉，说话就是图一时嘴上开心，完全不计后果，被拉开后的那人还在骂骂咧咧："你不要以为兄弟当了官自己也了不起，你是什么东西？娶个娘子是舅妈，还被国民党睡了，回家仔细看看儿子是不是你的。"

刚被拉开的赵有财，被人那么一说又气得火冒三丈，猛地挣脱拉架者胳膊，随手抄起一根木棍朝着那人砸下，幸好那人躲得及时，否则非脑浆迸裂，看到赵有财已气得眼睛发红，快失去理智的样子，那人慌慌张张夺路而逃。本来一屋子闲谈玩乐的人就这么一下一哄而散了。回到家的赵有财仍然火气没消，阿兰见他阴沉的脸色吓得不敢搭讪，只见这男人进了房间就倒头而睡，对旁边还在咳嗽着的大宝也不闻不问，阿兰知道他肯定又在外受到了什么刺激，揣摩着十有八九跟自己有关，不由黯然，想起昨夜姜美云的祝福——"希望你生个漂亮的女孩子"，回顾自己的坎坷曲折，阿兰心中暗暗祈祷自己还是生个男孩子，最起码男孩还能把握自己的命运，不像女孩如雪花一样，落在哪个男人身边就决定着以后过的是怎样的生活。

"唉。"她暗暗叹了口气，一边手上做着针线活，一边思绪飘到了过去，回想起自己短短一生中已经历的种种过往，首先，那个老得可以称为父亲的男人黄福来，他虽为汉奸，但当时对自己还是百般宠爱，短短一个月的夫妻生活，让她领略到了少夫人衣来伸手饭来张口的奢靡生活，可好日子不长久，一个月后就被民兵抓获枪毙，这是汉奸应有的下场，怪不得任何一个人。其次，在当时众多的雇工中她发现了年轻俊秀的赵有财，他可能一开始没敢多看她，但阿兰对他早就注目了，那时候那个男人多好啊，虽然木讷但心思细腻手脚勤快，尤其想起自己第一次跟那人肌肤之亲的过程，每每回忆还脸红心跳，多么孔武有力又温柔体贴的男人啊，本以为跟了他一辈子就这样相亲相爱，不离不弃，谁知半道又遇到了陈长官，非常事件里的非常人物，给了阿兰从未有过的感觉，起先是害怕，后来却是迷恋，尤其他那跳动着热辣火焰的目光，简直可以将女人融化，他手上的权力则又是一种迷惑人的致命武器，能轻而易举将威胁自己安全的因素从身边剔除，有罪与无罪的断言也在他一念之间，这是怎样的一种力量？可随意翻手为云覆手为雨？阿兰至今想起当年送她回家来的场面，何等惊世骇俗又是何等张扬风光，但十二点一过，南瓜马车和水晶鞋都消失了，灰姑娘还是粗衣鄙食，只不过那样的经历已经成了支撑艰难现实的精神支柱。

“姆妈。”

正在胡思乱想的阿兰听到了大宝的喊声，急忙放下手中的活走到房间。

“我要喝水。”脸蛋红红的大宝边喊边揉着眼。

“一边去。”被吵醒的赵有财不耐烦地呵斥大宝。

阿兰忙把大宝抱到床的另一头，轻声说：“别吵着你爷。”

“哼！”大宝不服气地用脚狠狠踢了一下赵有财，“我就叫你姆妈，就不叫他。”

赵有财正要发作，阿兰忙抱着大宝离开房间，替他穿上棉衣棉裤，戴好帽子：“我领你出去看看公公亲婆去，我家大宝新年里还没好好出去玩呢。”

“我还要带几块小伯给我的糖。”

阿兰替大宝拿好东西关好了门，娘儿俩走出了宅子。

阿兰觉得只有等赵有亮夫妇离开了启东，自己出门才显得稍微自在一点。眼下新年还没过，应该带着孩子去给公公婆婆拜个年了。

二十二

娘儿俩来到南宅，只见赵老太在做针线活，老赵头在打芦花靴，所谓芦花靴，就是冬天芦苇已经开花后将其摘下，先编成辫子，再用粗线一层层缝制在一起，形成鞋面，鞋底则由麦秸编成，穿之前里面再垫上几层厚厚的棉絮，那叫一个暖和，这样的手艺现在也基本失传了。阿兰看到旁边放着一双小小的芦花靴，靴子上面还嵌着红蓝相间的布条，很漂亮的一双小靴子，“这是替大宝打的，拿去试试大小。”老赵头回过头对阿兰说。

“快谢谢公公。”阿兰忙让大宝过来叫人。

“公公真好，我现在就要穿新鞋子。”大宝拿过靴子就往脚上套，阿兰把他领到凳子上坐下，替他将棉鞋脱下，此时赵老太早拿来了垫鞋的棉絮让阿兰垫上，归置完毕，让大宝一脚伸进靴子里面。

“哇，真暖和！”他开心地大叫起来。

阿兰笑着摸摸大宝的头，将亲婆拿来的一只烘缸放大宝手上：“你感冒刚好点，别再冻着，捧着暖暖手。”

“前两天有亮结婚你和大宝没来，今天叫上有财一起过来吃晚饭。”老赵头吩咐阿兰。

其实阿兰没出席婚宴的原因大家都心知肚明，当时老赵夫妇心里也希望她不要来，小儿子如此风光的婚礼一旦有了阿兰的参与，不免又会引起旁人的窃窃私语，老赵家的老辈亲戚又该怎么看待阿兰和她的孩子？正不知如何处置此事，恰巧大宝发热了，一切便顺水推舟，老两口就没再特意去请，亲戚也没人问起，直到婚宴结束亲戚们心满意足地各自散去，老赵夫妇才又想起大儿子一家。怎么说呢，大儿子一家，在众人面前，如同身上的一块疥癣，显得难看扎眼，恨不能当即揭下扔掉，可一旦只有家人在场，毕竟这疥癣还是自己身上的一块肉，也不能过于亏欠，所以，趁家里还有些剩菜，就请请大儿子一家，来补上这次宴请。

阿兰搭手婆婆开始拣菜洗涤，老赵头又打完一双芦花靴后，站起身准备去镇上再添一点酒菜，差大宝去叫他爹，谁知小崽子根本不愿意："我不去，他正睡得像猪呢。"

"这小倌，你怎么这样说你爷。"赵老太只知道赵有财动手打娘子，阿兰怨恨儿子还情有可原，可没想到大宝对待老子态度居然也那么恶劣。

"真是报应！"赵老太心里暗暗叫苦，"只怪你作孽太多，生了个儿子将来准是个白眼狼。"没办法，只好自己颠儿颠儿去叫儿子来吃晚饭。

冬天日短，待饭菜烧好端上桌，天已经黑了，一家五口围坐煤油灯下其乐融融，桌上的菜虽以素为主，但新鲜热乎，一家人吃得也很开心，尤其是孩子，平时一直看惯父母冷脸以待，今天在公公亲婆家，大家都和和气气地吃着团圆饭，大宝也特兴奋，让阿兰添了两次饭，令大人直担心他会不会吃撑，赵有财和老赵头爷儿俩喝了五斤老白酒，难得席间没任何龃龉，直至晚饭结束，阿兰和赵老太两人心里同时觉得一块石头落了地。

回家的路上，赵有财难得高兴地将大宝驮在背上，阿兰则跟在后面。快到家了，赵有财将大宝放下，让娘儿俩先进屋，他去解个手，正当他醉眼蒙眬跑到西边柴垛边准备小便，突然听见柴垛里有窸窸窣窣的声音，他猛停驻了脚步，悄悄蹲下来看看究竟咋回事，一看不由大吃一惊，只见两个人影抱在一起，还在悄声说话。男的说：“昨天把我吓死了，你不是说他去姐家了吗，咋一会儿就回来了？”女的说：“我也不知道啊，今天没人打扰了，我想死你了！”又是一阵窸窣声，赵有财寻思，谁色心那么重？这么大冷的天居然跑到人家柴垛里偷情？冻死也要做风流鬼啊？

他又仔细听了会儿，猛然记起那是李远康老婆的声音。“哈哈，这寡妇果然厉害，怪不得李远康突然不去南京，这原因啊。”他本想将他们抓个现行，但突然想起自己的前尘往事，觉得还是随他们去吧，自己还是换个地方解手。完事后他蹑手蹑脚回到家轻轻关上门，跑到房间对阿兰说：“遇到倒霉事了。”

“怎么了？”阿兰有点吃惊地看着他。

“撞到人家在偷情，就在我们家柴垛里，是李远康老婆。”

“怪不得突然不去南京，你没被他们发现吧？”

“没有，他们正热火朝天呢，呵呵，我们也睡吧。”

夫妇俩吹灯休息，此时他们根本不会想到一桩大事将要发生。

二十三

鸡叫三遍，天已蒙蒙亮，赵有财起床准备做早饭。他打着哈欠打开家门，一阵凛冽的寒风直钻进温暖的屋内，不由令他打了个寒战，立马又想起昨夜不经意见到的一切，心里嘀咕：这对野鸳鸯也不知道何时离开的？这么冷的天呢，就那么迫不及待？况且是个又胖又黑的女人，大概是那个女人在主动勾汉，简直一定的。“呸！真是个骚货！”赵有财在心里暗暗骂道。

漱完口，他抬头看看埭路上已有行人在赶路，便放下手中的搪瓷杯，去柴垛上抱点柴回家做饭。

本来码得整整齐齐的柴垛，靠近墙的一边已被翻得乱七八糟，可见昨夜动作的激烈程度。这种野合的事情发生在自家宅子上，心里总觉得晦气，赵有财狠狠呸了一口，打算抱起一捆软柴离开，刚弯下腰赫然发现一个人正躺在柴垛里面，他吓了一大跳，用脚小心踢了踢那人身体，发现已经僵硬，赵有财“啊”的一声惊叫，扔下柴就跑回屋。

阿兰见他脸无人色的样子，慌忙问道：“怎么啦？”

“死人！就在我们家柴垛上。”

这下阿兰也吓坏了：“谁死了？怎么在我们家？”

这突发事件将夫妇俩吓得抱在一起抖成一团。生产队年前还开会要求广大革命群众要时时擦亮眼睛提高警惕，防止阶级敌人搞破坏，尤其在各种节假日，不甘心失败的敌人会以各种方式来破坏革命成果，以达到颠覆人民政权的目的。现在居然有人死在自家宅上，这问题太严重了。

“会不会是昨夜那个人啊？”阿兰定了定神问道。

“对啊，肯定是那对狗男女，那女的难道不知道男的死了？”赵有财疑惑道。

“说不定女的看见男人死了，吓得自己跑了。”阿兰推测。

“很有可能，那我们怎么向人解释呢？说得清吗？”赵有财很担心。

“你快先把你爷娘叫来，商量咋办。”一到关键时刻，阿兰总是显得比较冷静，思路也比男人清晰。

赵有财得到娘子的提示，立即奔向南宅敲老赵夫妇的门去了。

得到消息的老两口也目瞪口呆，三人商议不出结果，老赵头说：“还是跟队长说一下，看他有啥办法。”至此，根本没有上策将自己置身事外，赵有财只好同意了老赵头去找队长，也就是我爷爷。

听说赵有财家柴垛上发现了死人，我爷爷立即跟着赵家父子来到了现场，只见死者属于个子矮小的男人，身上衣服穿得整整齐齐，头脸手等外露的部位也不见明显伤痕，只是嘴唇有点发黑。

“你们现在不要动现场任何物品，赵有财，你把小倌娘子带到你爷娘屋里去住，我这就去镇上报案。”我爷爷有条不紊地安排道。

“死人与我没任何关系，我没杀人啊，队长，你这点要跟公安局说清楚。”赵有财急得语无伦次了。

“你们放心，事情会水落石出，人民公安不会放过一个坏人也不会冤枉一个好人。”我爷爷的官话居然也说得头头是道。

一个时辰后，镇上来了好几个穿草绿色军装的军人，还有一个穿着白大褂拎着小药箱的法医，他们将现场周围拉上了线，开始对尸体及周围进行勘察。

天色大亮的时候，这件事情已经传遍了南北埭，来看热闹的人成百上千。死了一个男人，还是死在阿兰家柴垛上，这信息量太大了，各种各样的猜测将事情越描越神奇，有说是阿兰又勾搭上男人，怕被赵有财发现事情败露而杀人灭口，有说是那男人贪图阿兰美色，企图趁赵有财不在家强行闯入，被当场打死，更奇怪的是，说那男人是特务，阿兰原来是汉奸老婆又跟过国民党军官，所以想来策反阿兰。人们正在窃窃私语，只见那几个军人将尸体盖上了白布抬了出去，同时向人群里问道："谁是赵有财？跟我们走一趟。"

赵有财已吓得迈不开腿了，我爷爷搀着他走到了人群前面。

"不要害怕，我们只是找你了解一下情况，一起走吧。"军人和蔼地说道。赵有财便随着公安局的人离开现场，后面紧跟着一大群人。

阿兰领着大宝走在最前面，跟着赵有财和公安局的人到了汽车旁，看着他们上了车绝尘而去。眼泪一下淌了下来，牵着大宝的手边哭边回到了公公婆婆家里。

这件事轰动了整个大队，但看热闹的人群里却少了两个人，李远康夫妻。此时的寡妇正躺床上吓得魂不附体，话都说不出来了，只是咬着牙瞪着眼看天花板，一会儿躲被子里瑟瑟发抖，一会儿双手合十念念有词，李远康以为娘子中了什么邪，寸步不离地看着她，就怕出啥意外。

二十四

汽车开到公安局，车上的人下来，将尸体抬下作检验，赵有财则被带去做笔录。他如实将昨夜所见讲了出来，并说明为避免尴尬自己方便都换了地方，然后悄无声息回家睡觉，直至第二天准备抱柴做早饭发现了有人死在柴垛上，但不清楚死的人是不是昨夜那个男人。做笔录的人又问了几个细节后，让他休息会儿，喝口热水，自己则离开座位走了出去。

大概半个小时后，有人进来通知赵有财暂时可以回家了，但必须随时配合调查。他擦了擦因过度紧张从额上冒出来的汗，慌慌忙忙离开派出所向家里走去。

十点多，赵有财回到了父母家，阿兰见他这么快回来有点意外。

“他们问你啥了？有没有找到凶手？”

“不知道，他们如果问话我还得去。”

看见赵有财回家了，老赵夫妇也稍稍松了口气。人只要回得来，说明事情与儿子没太多牵连，可能只是作为一个证人去做一下笔录。接二连三的事情让老两口的心被忽上忽下地折腾得难以承受，小儿子那么有出息，大儿子家咋就成了是非地？难道都是不伦的婚姻带来的报应？“阿弥陀佛，现世报啊。”赵老太在心中默念。

在忐忑不安的等待中一天熬过去了，第二天派出所的车子又开了进来，这次是走访有没有认识死者的群众，同时问询谁家有失踪人口。走了几家后，终于有人想起那人是谁了，是住在北埭的周姓男子，因为他曾经跟着他父亲挑过鲜货，走街串巷，所以有人记得，个子矮小，嘴巴很活络，娶了一个老婆是哑巴。

“他怎么会死在赵有财家柴垛上呢？”众人百思不得其解。

待有人指出了他家具体住址后，派出所的人立即驱车前往，好事者也跟去一探究竟。

说是北埭，其实也就是一里路左右的距离，不一会儿就到了，工作人员走进他家，只见屋里破败不堪，又乱又脏，一个聋哑的女人正在喂一个婴儿吃饭，另一个六七岁的男孩正在拆一把笤帚玩，女人一看见进来好几个穿军装的人嘴里便“咿咿呀呀”说着什么，边说还边用手比画，显得很激动的样子。办案人员听不懂她的话，便问那个小男孩：“你家里还有谁在家？”

小男孩用手一指一间朝西的小屋：“爷爷。”

工作人员来到了小屋里，又黑又脏的屋子里看不清是不是有人，整个空间充斥着劣质烟味和海鲜腥味的混合味道，直把人熏得喘不过气来，随着一声老烟鬼特有的带着痰音的咳嗽声，一个苍老的声音从小窗边的床上飘来。

“谁啊？”

“我们是派出所的，想来问问你儿子在不在家。”

“他昨天下午还来过我这里，听我孙子说昨夜没回家，不知道去哪里了。也不说一声，他娘子急死了。”

“我们今天接到报案，有一个人死在赵有财家柴垛上，有群众说是你儿子，我们带来了照片，想请你辨认一下。”

“死了？你们搞错了？我儿子怎会死了？”老头子又惊又吓，齁得话也说不成了，他接过民警递来的照片一看之下大哭起来，“是我儿子啊，谁害了你啊？”

民警安慰周老头：“老伯，我们一定会找到凶手绳之以法，但我们先得了解下，你儿子有没有啥病史？和谁有矛盾？”

“我儿子没啥病啊，就是有时心口疼，随他死去的娘。”

几个民警微微相视点头，这下找到依据了，死者是突发心肌梗死，病灶一直在身，只是自己没意识到。但谁会引导他去往赵有财家？这又是个疑团。

“老伯，你儿子死于心肌梗死，我们现在要去走访周围群众，查找线索争取早日破案，你休息吧，节哀顺变。”

一行人走出了周家，二十世纪五十年代物资匮乏，但像他们家一无所有的还真不多见，唯一一个全劳力男人死了，剩下的只有老弱病残和两个年幼的孩子，日子更是艰难。“凶手”真是害人不浅。

李远康家离周家没多远，周家宅上进来好几个派出所的人查案，这消息马上就传到了李远康夫妇耳朵里，寡妇更吓得面无人色喃喃自语：“我没杀他，他自己突然不动了。”

李远康一听立即炸了：“你干的事？你这不要脸的骚货，那男人被你弄死的？”

“他、他、他自己刚上来一会儿就不动了。我没杀他。”寡妇“哇”的一声哭了出来。

“唉！”李远康也一下子瘫坐地上，本来想娶个娘子好好过日子，谁知道找了个荡妇，丧门星。算了，自己还是主动去找民警投案，这样的女人不要也罢。

事情至此，原来疑为凶杀的一桩案件，最后居然查出了通奸致死，剧情反转得如此之快令人目不暇接。乡村野事哪个年代都有不同的版本，但像那寡妇本来就死过三个丈夫，又与人野合致死一个，那就是传奇了，在那时还比较落后的农村，她从此被视为妖孽。后来官方没再深究，将此事交与大队处理，寡妇被挂着破鞋游行了一圈后打发回娘家，不多几时就跳河自杀了。

本来事情已了结，来龙去脉也清清楚楚，与赵有财家无半点瓜葛，但流言不会因此放弃这么好的土壤，不多时就有传言：赵有财家风水不好，偷情者都会选在他家的柴垛上，还成了一个风流鬼，可见赵家宅子有妖气。这与女主人阿兰有相当大的关系。

二十五

赵有财家本来很少有人来串门，此事发生后更是门可罗雀。连原来找大宝玩的小伙伴也被家长告知不许去他家。赵有财一家差不多被完全孤立了，这在民风淳朴的农村绝对不是个好事情。

赵有财也感觉到了众邻居的疏远与冷淡，他理解为家旁死过人后别人不敢再来。而且，自己每次去柴垛抱柴时，心里也有点发毛，特别在傍晚时分，更是疑神疑鬼，就怕又会突然看到些啥，时间一长心理压力越来越大，一个月后的一天，赵有财终于和阿兰商量准备重新造房子，打算从原来的宅基地上搬出，在靠埭路近一点的地方重砌两间三架头房子。阿兰的身子越来越沉重，家里如果造房子的话，根本搭不了手，况且家里也没多少钱来承担这样一件浩大工程的支出，但在原地住下去心里也很恐惧，权衡再三，还是决定哪怕向亲戚借债也要把房子造起来。将原来的房屋拆掉，尽可能利用一切可用的砖头木材，然后去旁边的土窑上跟人家预订几十方新砖，择时动工。

半个月后，一切工作已经准备就绪，赵有财举家从北宅搬出，暂时挤在父母家同吃同住。家里仅有的几件家具也搬到了南宅，在一个艳阳高照的上午，赵有财叫上几个精壮男子，一举将旧房推了，随着一阵阵“轰隆隆”的巨响，两间承载着不伦，耻辱和恐惧的小房子已变成了一堆碎砖断梁的巨大垃圾。与此同时，在老赵家的东条里，靠近埭路的一块空地上，七八个男人已开始夯地挖墙沟，谈笑声，夯地的号子声令那个春日的上午显得分外热闹，脸上久未露出笑容的赵有财夫妇也显得很是高兴。

而失去顶梁柱的周家陷入了凄风苦雨中，聋哑娘子拉扯着一大一小两个孩子，同时得照顾生病卧床的公公，还要参加生产队的集体劳动，无法与人交流的哑巴女人只有天天以泪洗面，旁人看得都心酸不已。时不时替她搭把手或接济一些地皮小菜。但这也不是长久之计，要维持这样一个风雨飘摇的家，仅靠邻居们接济终究难以为继。住在附近的李远康对这一家子，内心更是夹着内疚与同情。毕竟是自己寻来的女人造的孽，与他也脱不了干系，所以他经常趁哑巴女人不注意时丢一小捆菜或几条鲫鱼在她家门口，之所以不敢光明正大给她家送去，就是怕被这悲痛凄苦的女人看见不分青红皂白一顿追打。

而这家的另一个男人——已卧病在床两年的周老伯，原先也是这个家的顶梁柱，可自从两年前遭遇的一桩灵异事件，他就一病不起，现在更已成了要让人服侍的病人。这是一件真事，也是先前听我爷爷讲的。据说这周老伯平时务农，田里的活比较清闲时，他经常去吕四小船上赊一些小海鲜，在埭上的邻里间做些小买卖，赚些差价补贴家用，这个职业叫作“挑鲜货”，这些人尤其活跃在夏天，挑着红芒子，梅子鱼，泥螺等海鲜走南埭串北埭叫卖，有需要的人家只要远远吆喝一声，挑鲜货的马上手脚麻利地将这些价廉物美的好东西送到家门口，抓一把扔秤盘里，直到秤尾高高翘起才倒进买家篮子里。都是东邻西舍，他们赚的只是跑腿钱。这种职业现在也已消失了。

话说有一天大清早，周老伯五更里就已经赶到了吕四，挑了满满一担海鲜准备回蒿枝港以南的老家附近兜售，由于那天迷雾特浓，周老伯走着走着居然来到了一个人头攒动，熙熙攘攘的集市，他往返吕四与蒿枝港几十年了，还没遇到过这么热闹的早市，心里正疑惑自己是否走错路了，集市上有人对着他打招呼："周家伯，这么早挑回来啦？替我称两斤红芒子。"

周老伯只觉得那人有些面熟，但一下子怎么也想不出他是谁。这么早开市总是令人高兴的，周老伯没再多想，便忙着称鲜货收钱。那人刚走，周围一下子又围过来好多人要买他的鲜货，迷雾里他也看不清这些顾客是不是熟人，只是觉得今天运气太好了，一担海鲜一个早市全卖完，回家一点儿也不耽误地里的活计，周老伯心里十分高兴。临了，他还替孙子买了两个缸爿饼回家。

儿子见周老伯居然空着担子回家有点意外。

"没挑到货？"儿子问。

"满满一担呢，也不知道跑到哪一个集市，一个早市全卖完了。"周老伯边回答边掏出口袋里的钱准备清点，谁知一掏一把纸灰，再一掏，还是纸灰，他心里立即预感大事不妙，忙去看给孙子的饼，哪里是饼？分明是一大块泥巴！他一下子脸色大变，跌在地上不省人事。儿子忙将他扶到床上，各种土方法用尽也不见老头子醒来，只见他一直"呼呼"打着呼噜，好像已经睡着了一样。走投无路时，他想到了爷老子说起的集市，"哪里凭空冒出来的早市呢？是不是被人骗了？"待太阳升起迷雾散尽时，小周立即出门一探究竟。

二十六

蒿枝港是吕四与沙地的分隔线。以南地区成陆时间不到三百年，居民多为江南一带的移民后代，语言分类属吴语系，以北可追溯到宋朝年间，传说吕洞宾四顾当地所以称为吕四，语言特点属古代官话，与苏北方言同脉，南北话语及生活习性都大相径庭，故居民虽属同县，但互黑段子多多，简言之，南称北“江北人”，北称南“沙蛮猴”。吕四地区居民靠海吃海，而南部居民以务农为主，就经济状况而言，河之北优越于河之南，而“挑鲜货”则成了经济互利的一种方式。

现在，小周一路寻到了蒿枝港边，猛然发现浓雾散尽艳阳高照下的河南一侧，一堆堆海鲜摆在了一个个坟头上面！并在阳光里熠熠发着光。原来周老伯遇到的正是传说中所谓的“鬼市”。

小周不由怒从心头起，“鬼”居然也欺负老实人！他捡起旁边一根木棍，将一个个骨什坛砸个稀巴烂，怒气渐消后回了家。周老伯还是没有醒来，有人建议他还是请个“神婆”来看一下，得罪了“鬼神”凡夫俗子是根本没办法化解的。几经周折，打听到了隔壁公社有一个“神婆”，专看因“鬼怪”之类引发的怪病。但人家早已金盆洗手，再也不搞此类迷信活动，小周苦苦求了几次，“神婆”终于松口，但要求周家必须在夜里把她接过来，确保不让任何人发现。

几天后，在一个月黑风高夜，“神婆”被接到了周家，一进门看到周老伯状况，吓了一跳。

“你爷遇到的不是一个而是一大群，现在就是人醒了，从此也下不了床。”“神婆”断定。她又将此事来龙去脉问了个仔细，当听到小周将骨什坛一个个砸碎了的话语，“神婆”仔细看了看他的脸色，连连摇头再也没说什么。接着，只见她念念有词东摸西看，又化了几个元宝。

一刻钟的样子，老周终于睁开了眼睛，茫然看着旁边的人。

“神婆”发话了：“老的这一个月之内不要走夜路，小的这三年内为人要多做善事积德，且尽量天黑之前赶回到家里。”

周家千恩万谢给了“神婆”两瓶老酒后连夜请人将她送回了家。

现在将事情连起来看，就发现当年“神婆”的暗示：其实小周遇到的麻烦比老周要大得多。但有些话讲得太明说不定哪一天会招致牢狱之灾，只有告诫其与人为善，天黑回家。而时隔两年后，一直觉得太平无事的小周，终将“神婆”的警告忘到了九霄云外，不但与人勾搭成奸，更是为欲火难耐的寡妇蛊惑，于寒夜与其野外苟合，终命丧黄泉。

周家有这样的因果在前，所以周围邻居尽管同情哑巴母子的遭遇，但谁也不敢关心她的后续问题。尽管哑巴年纪还轻，相貌也不差，可谁会愿意入赘到这样一个既得罪过“鬼神”又横死过男人的家庭？如果说赵有财一家令人所不齿，哑巴一家则是让人恐惧。

一个月后赵有财家新房落成，又过了一个多月，阿兰生下了一个女孩，那天正是刮着大风的夜晚，农村人取名比较随意，结合当时的天气状况，便给这个丫头取名“风妹”。

这个时候天气渐热，庄稼茂盛，菜畦碧绿，瓜果飘香，夏天即将来临。

傍晚放工回家的李远康跳到近边河里洗了个澡，顺便在沟脚边摸了几个鱼巢，不想抓到了一条两斤多的黑鱼，他从沟里爬起来，用草绳将鱼鳃穿起拎回了家，本想自己改善下伙食，但这么大一条鱼一个人吃实在有点浪费，想了想，还是决定送哑巴家去。

初夏的风吹在刚从河里上岸的人身上，李远康觉得有些凉意，但一想到这么大一条黑鱼在她家门口跳跃，哑巴看了首先会惊讶得合不拢嘴，继而她会明白一定是哪个好心人的接济，接着就会手脚麻利地杀鱼做菜。他仿佛已经看见了这一系列情景，不由咧嘴笑了，觉得比自己吃了这鱼还要高兴。

李远康走到了哑巴家门前，往堂屋里一看没人，便将鱼往门槛内一放准备回家，转念一想这么大一条鱼万一被猫叼走了就太可惜了，还是四周找一下人，哪怕寻到一个小孩也行，这样边想边来到了哑巴房间的窗外，透过破败的糊纸往里一看，立即惊呆了。

二十七

那个时候的农村卫生条件非常差，小镇没有公共澡堂，普通家庭更谈不上有卫生设施，所以一到夏天，这里有一个特殊词语叫“揩浴”。打一盆温水，拿一条毛巾，往房间一躲，马马虎虎擦一下就完事，稍讲究一点，用一块香皂在毛巾上打一下，再擦身子，效果就不是一般的好，老远就可以闻到香味了。一般农村人家不会用这奢侈品，只有家里有人在单位上班的才会用，可也很节约，一块香皂一家人可使用一个季节。

李远康从破败窗子往里看时，看到的正是哑巴在揩浴，昏暗的房间里哑巴的身子白得简直发亮，哺乳期的胸部胀鼓鼓的挂在瘦弱的身体上面显得不是很协调，平时瘦小的哑巴脱掉粗布衣服后，美丽得如同跌入凡间的仙女一样，自己经历过的那个寡妇与其相比就是一堆臭烘烘的烂肉，李远康看得眼睛发直，心里在不停告诫自己：快走，再不离开，等被她发现了就会被当作流氓抓起来，那就完了。心里这么想，腿却不听使唤，眼睛还在贪婪地盯着窗内，他要将这个女人的身体牢记在心，不肯放过一点细节，好在以后难挨的漫漫长夜里，在想象中天天搂着她入睡。

正当李远康看得直流口水，哑巴家大儿子不知道从哪里跑来了，站在他身边，很警惕地看着他："你是小毛贼，你想偷东西。姆妈。"那小孩边叫边抱住了他的大腿，外面的响声惊动了哑巴，她匆匆穿好衣服出来，看见这一幕仿佛也明白了咋回事儿，拉过儿子警惕地对着李远康哇啦哇啦喊叫，还拿起场心里的笤帚作驱赶状，把李远康吓得拔腿就逃。

李远康回到家里过了大概半个多小时，也没见哑巴把鱼丢过来，才将一颗悬着的心放了下来。

天气渐热，田里种植的棉花有了虫害，生产队长组织大家去捉一种叫作棉铃虫的害虫，一人拿一个小瓶，里面灌了半瓶水，手上拿一个镊子样工具，将棉花叶片一叶叶翻开来找虫子，放工时根据每人瓶里捉到的虫子数量记工分。在农药不普及的年代，这是个既费时又费力的活儿，而且是在大热天，人们被淹没在不透风的棉花田里，每一个劳作的人都挥汗如雨，正当李远康边找边捉走到田地中间位置时，听到旁边一阵"哗啦啦"好像作物倒地的声音，他忙拨开密密的棉花叶到旁边一行一看，只见哑巴已经脸色煞白眼睛紧闭倒在了地里。他忙抱起她快步走出田间，来到沟边阴凉地放下，用随身带着的毛巾去沟里拧了一把替哑巴擦脸，这时周围的人们也围了过来，让李远康替哑巴将上衣领解开，用冷水毛巾擦脖子以下的位置，又有人开始掐哑巴人中，折腾了十多分钟，哑巴终于醒了过来，生产队小组长吩咐李远康立即将哑巴扶回家去休息半天。

李远康半扶半抱领着哑巴回家，刚才抢救过程中注意力只集中于将人弄醒，现在人醒了，他心里放松了不少，隔着薄薄的几层棉布，哑巴柔软的躯体几乎全部压在了李远康的一个手臂上，任何一个正常的男人，此情此景大概都会想入非非，何况就在前几天他还看见了她的躯体，李远康立即觉得浑身燥热了起来，此刻他觉得自己正在抱着一个全裸的女人去往床上，甚至想到了与她在床上的纠缠，一阵热血涌向他脑门，不由加快脚步带着哑巴回家。

这是个寂静的夏日午后，家家户户都已大门紧闭去了田间劳动，两个孩子去了托儿所，家里除了朝西屋里久病在床的周老伯，寂静得只听到树上知了在述说着夏天的炎热，李远康将哑巴带到了房间，将她扶到床上躺下，哑巴解开了三个扣子的衬衫几乎将半个胸部露在了他的眼前，虚弱的女人躺下后几乎没力气再睁开眼睛，这样的画面令李远康觉得既紧张又刺激，他试探着将一只手伸向女人胸部，一摸到女人软软的乳房，一阵电流样的激灵立即传遍全身，他立即感觉到自己身体上的强烈反应，呼吸更加急促，几乎失去理智地去解女人的裤带，就在这时候朝西屋里传来一声很响的货物或人倒地声，将欲火焚身的李远康一下子拉回了现实，他急忙起身走到西屋，昏暗闷热的小屋里，周老伯从床上跌到了地上。

“今天太晦气了，一老一小都选在今天出事。”李远康来不及多想，准备先将周老伯扶起来，可只见老人已经只有出的气没了进的气了，只一会儿工夫，老人就在李远康的臂弯里吐出了最后一口气，找自己的老婆和儿子去了。

二十八

如此一个炎热而静谧的午后，眼看又一桩乡村男女激情苟合之事即将成就，节骨眼上周老伯突然身亡。

“难道这是天意？真得手了说不定后患无穷。”清醒过来的李远康细思极恐，急忙放下周老伯出去叫人，在田间干活的社员们都陆陆续续来到周家宅子，帮忙料理老人后事，大家都在慨叹这家人的坎坷遭遇，儿子刚死不久，老人也一命归西，留下一残两幼，以后的日子该怎么过？根本不会有人想到就在周老伯死前一会儿，李远康对哑巴采取的非分举动，而且差一点就成功了！

善恶真是在一念之间，也许冥冥之中真有神明佑护，让善良老实之辈不轻易掉入罪恶泥淖，让弱小无助之人不随便遭受欺凌侮辱。

事情按照它原来的发展轨迹进行着，一个小小的沟壑只让现实的列车轻轻颠簸了一下，又走上了平稳的轨道。由于李远康亲历了这个家族一系列事情，自然而然暂时成了这家人的主心骨，哑巴还卧床不起，两个孩子无人照看，帮忙的邻居遇到事情都来问李远康拿主意，他恍惚中觉得自己就是这家的男人，可以底气十足地吩咐别人干这干那，孙万年也在帮忙者中间，他忙里偷闲对李远康说：“我看你没老婆，哑巴男人也没了，现在公公也死了，让你婶子替你说合说合，你们并成一家子算了。”

姜家与李远康家有点远亲关系，原因贫富悬殊太大，两家基本没啥来往，新中国成立后都成了同一生产队社员，开始有了联络，听孙万年这么一说，正中李远康下怀。他有点难为情地小声说：“等过了这阵，我自己去找婶子说，唉，就怕人家看不上我。”

“要相信你婶子，凭她的说事能力，哑巴肯定点头。”孙万年就差打包票了。

李远康心里如被猫爪挠了一样，又痒痒又享受：“我相信婶子，事情成功了少不了请你们吃十八顿。”

李远康边说边在脑海里又想起了哑巴亮白的肌肤和柔软的胸部，本来遥远的梦想眼看快要变成现实，他干起活来更加卖力了。

三个月后天气已经转凉，地里的农活少了许多，人们也有闲心思开始关注起自己及周边人家的日常生活，有手艺的可以开始小打小闹挣点闲钱，谁家有适龄的姑娘小伙子，爷娘开始托人说个媒牵个线，如果对上眼，到春节正好可以把喜事办了。

于是李远康的亲事也被孙万年夫妇提上了议事日程，姜老太替这位远房侄子认认真真操了一次心，先嘱咐他去镇上扯几块布料，替他做了一身卡其布质料的外套。再让他替哑巴母子买了几块布料和点心，在一个凉风习习月亮高挂的秋夜，孙万年、姜老太和李远康三人拎着东西一同去了北埭周家，七点多去的，十点多事情谈成。哑巴虽然不能说话，但心性还是比较聪明，本来她对李远康心怀憎恶，这个又矮又矬的男人娶了个道德败坏的女人，将自己不争气的男人勾引致死，令这原本贫困的家更加雪上加霜。而且她也明了李远康对她的企图，偷窥她揩浴，扶她回家乘机在自己身上摸上几把，她心里都清楚，但一个口不能言的弱女子如何向他人述说自己的遭遇？又有几人能信？她只有选择沉默，况且她也知道是李远康隔三岔五偷偷送来了鱼肉蔬菜，窘迫的生活遇到这样的馈赠，难道还要让道德的天平对他再作对与错的评判？她其实在心里已经慢慢开始向现实妥协。

在姜老太三寸不烂之舌的劝言之下，哑巴终于点头同意了李远康搬进周家，但需等过了年，她得烧完过年经，给先人通报一声。

二十九

农村里的孩子就像一颗野地里的种子，只要有充足的阳光、土壤和水源，加以适当的肥料就可以生机勃勃茁壮成长。

一转眼大宝十二三岁，风妹也五岁了，家里又添了刚六个月的小宝。一家五口现在面临的最大问题就是粮食，大宝和风妹在长身体，小宝要喝奶，阿兰就得增加营养，可经过一系列的政治运动，加上收获季节受台风水淹等天灾影响，粮食大幅度减产，经济作物也被破坏殆尽。人们的物质生活水平越来越差，全县因过度饥饿导致的“浮肿病人”已有三千多，公社喇叭每天都在播着口号，赵老头就这样躺床上木然听着喇叭里的口号声，等着生命的热量一点点被饥饿耗尽。赵有财已经几次追到我爷爷那里反映情况：再没吃的，我爷老子就得饿死了啊，能不能想想办法？或去向公社反映一下？附近已有好几家上了年纪的人都得了很严重的浮肿病，再没食物下咽，随时可能死去。其实上了年纪的人吃得并不多，但看着自己的孙子辈因缺吃少喝，饿得哇哇叫，老人们心里难受，就把仅有的一点点口粮匀给小辈，这样一来，他们自己就遭了罪，因此致死的也有多例。赵老头家就是这样，老两口几乎将自家三分之一的口粮都省给了赵有财家，赵有亮也知道阿哥家人多劳力少，所以，哪怕自己也已添了两个孩子，还是硬从不多的配给中省下部分，隔一段时间就接济他们。但这些有限的援助还是显得杯水车薪。

我爷爷默然抽着树叶做成的所谓烟叶："我再跑一趟大队部吧，看看能不能还有什么办法。"说完，我爷爷就披着一件旧棉袄出了门。

傍晚，我爷爷从大队部回家时，把两斤半黄豆和一点食用油送到了赵老头家里，吩咐赵老太，马上煮了给老头子吃，但一下子不能吃多，久饿的肠胃会受不了过量的食物。所谓的过量，充其量也就 2.5 斤。

当天晚上我爷爷召集生产队社员代表开了一个简单的会议，传达了上级最新指示：凡家里有浮肿病患者的，均可去大队领取 2.5 斤黄豆和部分食用油。这对于饿得半死不活的人们来说也算是一场及时雨。

其实当时的政府部门把广大群众的实际困难也时刻作为工作重点来抓的，但所能做到的也只是尽量减少极端情况的发生。

小宝因缺奶水饿得哭也没了力气，六个月的婴儿，身体小得如同刚出生不久，满脸皱褶的脸上只有一对眼睛显得很大。阿兰心疼地看着小儿子，不时地掉泪："你来得不是时候，娘对不起你。"

十三岁的大宝虽然顽劣，但看见娘流泪，看到出生六个月的小弟弟饿得奄奄一息的样子，心里也很不好过，很想为妈妈分担一点，可在这寒冬腊月的去哪里搞吃的啊？

突然他脑子里灵光一现：“或者我可以去哪一条沟里弄一条鱼给娘吃。”大宝因这个念头兴奋起来，准备叫上几个小伙伴一起去，而且他想好了，不能直接说去砸冰捞鱼，就说约大家玩，看看能不能在结冰厚的沟上面滑冰玩。

他跑到李远康现在的家，喊上了哑巴的大儿子，又跑到张建昌家里喊了张家兄妹俩，最后召集到六个半大小子：“我们去看看仓库后面的小沟里冰厚不厚，厚的话就在上面滑冰玩。”

有两个小孩有点退缩，包括哑巴的儿子。“衣服弄湿了，我怕我娘会打我。”

大宝眼睛一瞪：“你这个怕死鬼，被敌人抓去肯定做叛徒。我们走，以后不跟叛徒玩。”

说完大宝带着其余几个拥护者转身就走，那个年代，哪怕是小孩，被说成叛徒也会觉得颜面扫地，就怕以后在小伙伴面前抬不起头，所以大宝的激将法很成功地把七个孩子都拢在了一起，浩浩荡荡向着仓库出发。

三十

处于仓库背后的民沟，长六七十米，水面不算太阔，但比较深。持续的零下四五度，令乡间所有的小河小沟都已结了厚冰，处于房屋背阴处的水域冰层更厚且不容易融化。

当天的气候非常阴冷，太阳躲在厚厚的云层里，只吝啬地洒给大地一点光亮以示与黑夜的区别，不厚道的西北风一阵阵吹过，天气显得比实际气温更加寒冷。令本来就食物匮乏的人们更加雪上加霜。

可即使在这样恶劣的环境中，孩子们永远是精力充沛的那一群。以大宝为首的几个孩子不一会儿就来到了目的地。

“从哪里下去啊？”有人问。

沟沿四周都是枯黄的芦苇，不小心踩在伏地的芦苇秆上很容易滑下去，如果冰层不够结实，人就直接钻进水里，谁也不敢冒这样的险。

大宝四周转了一圈回来：“我看见一个脚踏，从那里可以下去。”说罢领着大家来到了那里。说是脚踏，其实是个很简易的阶梯，可能是有人曾经为方便给旁边的庄稼地浇水，临时用脚踩出的泥质阶梯。

“我先下去，来，你拉着我的手，你，再拉着他的手。”大宝指挥着大家，按照他的方法终于将连他自己在内的七个熊孩子全部弄到了冰层上，开始大家还有点战战兢兢，就怕一不小心栽进冰窟窿里。各人都先蹑手蹑脚在上面滑了一阵儿，既看不到冰面的裂纹，也听不到负重引发的断裂声，于是都放心地滑起来，那时的孩子穿的都是娘亲手做的千层底布鞋，在冰面上溜来溜去基本没多少阻力，慢慢就从沟脚边滑到了沟中央。

大宝惦记着要替娘捞一条鱼，他最先滑到了冰面中间，拿着一块砖头开始砸冰，别的小孩一看都吓得滑得远远的。

“不能砸！不能砸！人会掉下去！我不玩了我要上去。”胆小的都带着哭腔在喊了。

大宝鄙视地回敬：“怕死的回家吃奶去！胆小鬼！”

大宝敲了一会儿，冰面根本没一点儿反应，有点泄气地一屁股坐下了。别的孩子一看没啥危险，慢慢地又靠了过来。

“这冰真厚啊，你看我跳一下都没事。”哑巴儿子有点讨好地跳了一下给大宝看。刚才说要回家喊得最响的也是他，现在大概觉得再不表示一下自己的勇敢，回头上了岸，真要被小伙伴们喊作“叛徒”了。

大宝朝他哼了一声，又继续敲起来。忽然他灵光一现，放下砖块，对哑巴儿子说：“你来，先在这里跳几下，等冰层不结实了我再敲，有了口子，从里面抓鱼很方便的，我们一人抓一条鱼回家，爹娘肯定要表扬我们。”

这熊孩子有点骑虎难下了，一点点蹭到大宝敲击的地方，先是轻轻跳了几下，一边跳一边偷看着大宝的脸色，见他又是满脸的不屑，便横下心开始死命蹦跶起来，这里的冰面已经被大宝敲击了好一阵，现在怎经得起一个五六十斤重的孩子的跳跃，刚跳了四五下，只听“咔嚓”一声，这小子直接钻进了冰窟窿，大家都吓呆了，大宝更是一个急闪，溜出一米开外，幸好大冬天都穿着厚厚的棉衣，他一下还没被水淹没，半个身子还浮在水面上，但已吓得面无人色，哭都忘记了。只挣扎着想攀在周围的冰上爬起来。可河面中心的冰层本来就比边上的薄，又几经敲击、蹦跶的折腾，冰层受损严重，所以攀一块断一块。慢慢人就要下沉，此时他才哭了出来。

这时冰面上已经跑得只剩下大宝一人，拿着一根树枝想把落水的拉上来，但这办法如何能将落入冰层下的伙伴救起？眼见着这孩子一点点沉了下去。

千钧一发之际，得到消息的大人飞奔到了沟边，几个男人搭档将已沉入冰窟窿的男孩子捞了上来，倒背在大人背上来回跑了几次，这孩子终于将呛入肺部的水咳了出来，紧接着就被火速包裹了衣服抬进了室内，一条小命终于捡了回来。

三十一

大宝已经在外转悠了大半天了，知道自己这一次闯下了大祸，差一点让哑巴儿子送了命。这要是被脾气暴躁的爷老子逮住不往死里揍才怪。但大宝心里也有点委屈：这一次并不是为了好玩才爬的冰，而是为了给娘抓一条鱼，为了让小弟弟喝上奶。可现在谁会相信他的话？眼看着天一点点黑下来，两顿没吃到饭的他又饿又冷，哪怕家里有严厉的惩罚等着，此刻也不得不回家。想到此大宝如泄了气的皮球垂头丧气慢慢朝家的方向走去。经过公公家时，他如落水之人抓到一根救命稻草：也许可以去公公家躲一下，顺便吃一些东西。当即他便蹑手蹑脚闪进了赵老头家里。

赵老头还在床上躺着，老太太在生火做饭，一看见大宝进来，老太太吃了一惊："你去哪里了？你老子到处找你呢，快过来，到灶门口来烘烘手。"

大宝顺从地跑到灶口头，老太太一摸他的手，冷得跟冰似的，裤脚和鞋子都湿透了。

"小祖宗，你咋没冻死啊？"

老头子在里屋也听到了动静："你送大宝回家去，他总不能打死自己的儿子，咳咳。"

老太太立即停下手里的活，领着大宝往赵有财家里去。还没到家，已经看见屋门口围着很多邻居，同时听到了哭声和咿咿呀呀的嘈杂声，大宝心想：坏了，肯定哑巴吵上门来了。立即转头想逃，被赵老太一把抓住：跟我走，有亲婆呢。

一见婆孙俩出现在门口，哑巴立即朝着大宝又是作揖又是哭，嘴里还呜啦呜啦说着什么。赵有财脸色铁青地站在一边，阿兰抱着小儿子说着好话。一看见大宝，赵有财两眼好像能喷出火来，如拎小鸡一般将儿子抓了过去，手脚麻利地用绳子将大宝手脚捆住。众人不知道他想干吗。赵老太厉声斥责儿子：“你想干吗？带他吃官司去啊？谁家小倌不闯祸？放开大宝。”

赵有财哪里听得进老娘的话，将被捆得动弹不得的大宝往当地一扔，转过身抓起了墙角的一把铁锹。“大家今天给我做个证明，我现在亲手宰了这孽坯，与任何人没有关系，坐牢杀头由我一个人顶着。”说完，真的拿起铁锹就往大宝身上铡去。众人吓得都惊叫起来，阿兰马上放下小的扑过来抱住赵有财手臂大哭：“他是你儿子，你不能真杀了他。”

赵老太又惊又怕：“没见过你这样的爹，你敢下手，先把我铡了。”

五岁的风妹哪见过这样的场面，当场吓得大哭起来。哑巴也被唬住了，瞪着眼睛看着这一幕。众人都上前拉架的拉架，争铁锹的争铁锹，连推带搡将赵有财按在了凳子上。然后七手八脚拉起大宝，替他解开绳索，阿兰边哭边带着已经面无人色的大宝回了房间去换衣裤。

“这就是你不对了。”邻居朝着赵有财说，“男小倌闯祸很正常，大宝这次是有点儿过头，但也不至于杀了他。现在是人民政府管事，杀人要偿命，哪怕是爷老子。”

“哑巴，你也早点回去，大宝打也被打了，还差一点儿出人命，也算给了你儿子一个说法，以后不让大宝再跟你儿子一起玩就是，啊，回去吧。”

哑巴虽然不会说话，但能听得懂，事已至此，赵家也算有了交代，以后管好自己儿子不再跟这惹祸精一起玩就是了。加上众人的劝和，自己正好也有了台阶下，便在大伙七嘴八舌的劝言里离开了赵有财家。

众邻居也都陆陆续续回到了各自的家。赵老太跟着阿兰也到了房间，指着大宝的头："你这小倌，以后长点记性，千万不要再犯野闯祸，看见你爷的火气哇？今天要没有这么多的伯伯妈妈，你真要被你爷铡了。”

喝了几口热开水的大宝终于也缓过了气，嘴里小声说着："我想给娘捞一条鱼，让弟弟能喝上奶。”

阿兰听了这话，差点崩溃，抱着大宝号啕大哭："大宝知道体谅家里了，我们都错怪你了。”

赵老太也听得抹起了眼泪："还以为我家大宝只知道闯祸，原来也懂事了。”

这一件事情算是过去了，但从此以后，队里所有的孩子都被大人告知：以后不许再跟大宝玩。不听话轻者不许吃饭，重者一顿暴打。于是大宝开始了他孤独无伴的少年时代。

三十二

姜家的小女儿姜美玉长得一点儿也不比姐姐逊色，甚至更加漂亮。但没有姐姐那样的好运。

她当时读的中学虽然是社中，但教育质量很不错，一个年级五十多名学生参加高考，一下录取了十几个，姜美玉的成绩在班上一直数一数二，上大学基本没悬念。当时，情窦初开的女孩，与班级里一位面目俊俏、成绩同样优异的男生暗地里已互生情愫，相约一起报考上海的大学。可是命运此时却在她身上展现了残酷的一面：临近高考的前一个星期，她突然发起了高烧，最严重的时候人都处于昏迷状态，待送到公社卫生院一检查，怀疑是被某一种病毒感染引起的高烧，需要住院观察治疗。人生几个紧要关口的选择，高考当数最重要的选择之一，她就这么无奈地与其失之交臂。孙万年的唉声叹气，姜老太的哭天抹泪都不敢在小女儿面前流露出一点点痕迹。因为姑娘此时的绝望心理，连死的想法都有了。

待姜美玉痊愈出院时，高考已经结束了五六天，那男孩子本是中学校长的儿子，在姜美玉出院后，牵头与几个同班同学来她家里探望过她，看着他们谈话时不经意间透露出对高考结果的期待，姜美玉心中的苦涩更是无以排遣，便推托头晕想休息将他们半向赶了出去。人走后，她又蒙着被子哭了一场。上大学的理想破灭了，跟男孩子萌芽中的爱情也画上了句号。

那时的农村，家家户户都有三四个孩子，多的人家甚至七八个，所以每一个大队都有幼儿园，几个大队的区域中间又有一所戴帽子小学。所谓戴帽子，即除小学一至五年级外，还附带一到两个初中班。那时识文断字的人并不多，像姜美玉那种高中毕业未上大学的青年，在农村就是标准的高级知识分子了。所以她在家休息还不到一个月，旁边的小学校长就亲自上门，邀请姜美玉去学校当代课老师。

那天早上，孙万年两口子正在家吃着早饭，只见一位头发花白，戴着眼镜的老人迈着急匆匆的步子朝自家门前走来，他一进屋就自报家门："我是惠民小学的校长，我姓宋，这里是姜美玉的家吧？"

孙万年连忙将客人让进了屋子。端凳倒开水："是的，我们是她的父母，丫头刚刚出门了。"

这位宋校长很诚恳地对孙万年夫妇说："我这次来是请你的女儿来我们学校当代课老师的。"宋校长开门见山，但语气非常和蔼，"我知道你们女儿很优秀，是块大学生的料，但时运不济，偏偏考前生病，唉！真正让人遗憾。你看，我们学校虽然是乡村小学，但每月工资准时发放，每年还有寒暑假期，离你家也近，你们考虑一下是否愿意让丫头到我们学校去教书。"

孙万年夫妇听完校长的话，表示万分感谢宋校长的美意，但最终决定权还是在丫头手上，所以改天才能给他答复。临别时孙万年又一次说道："感谢校长亲自登门，我征求一下丫头的意见，如果没有异议，这两天就让她来学校报到。"

宋校长前脚一走，姜老太马上拎起老头子耳朵；"你长本事了？还这两天就让丫头去报到！咱丫头的水平当一个中学老师都不成问题，你就替她做主去小学代课？你说话前就不能动一下猪脑子？”

孙万年被拎得脚点地：“我不是说征求丫头意见了吗？”

“可你最后还不是说让她这两天去报到吗？还嘴硬！”姜老太有点咬牙切齿了。

老两口正争吵着，姜美玉回到了家里。“我一转身你们就吵上了？这能不能好好过日子了啊？”边说边气呼呼地拿碗去盛饭，“你们再这么闹，我明天就去南京，到姐姐家住一段时间，省得见着你们这么吵来吵去的烦心。”

老两口被丫头这么一说，立即没了声音，各干各的事去了。

三十三

李远康搬入哑巴家也已快两年了。想当年，哑巴的大儿子第一次发现这个陌生男人居然想睡上娘的床，当下便对他踢打抓咬一番，保护娘不被这丑陋的男人欺负，孩子虽然不懂成人之间的事情，但不能让陌生男人和娘一起睡觉，这一点还是懂的。哑巴抱住几近疯狂的儿子，含着眼泪“咿咿呀呀”安慰着他，见娘都哭了，孩子渐渐安静下来。当晚，哑巴将大儿子和小女儿安排在旁边的小床睡觉，自己睡的大床则再一次作为了婚床，腾给了死鬼丈夫以外的第二个男人。当李远康正式进入这个风雨飘摇的家，立即体会到了一种无奈与凄苦，如果说最初时候他看上的是哑巴的面孔与身段，现在正式成为她的男人，立即觉得一副沉甸甸的担子压在了自己肩上，原来是一个人吃饱全家人不饿，现在必须喂饱四个人的肚子，在粮食严重匮乏的年代，实在是个艰巨的任务。

幸好他在生产队是个全劳力，享受全额工分，又有泥瓦匠手艺，南北埭有谁家要砌个灶，搭个小灶披间，经常要喊到他，干完生产队的活，他会接到些零活，并能得到一些回馈，有时他也会趁着夜色偷偷干些摸鱼捞虾的勾当，所以一家子吃饭问题勉强可以解决了，生活渐渐有些起色，大儿子不再对他倔头倔脑，哑巴也从原来的无奈屈从，逐渐变得主动配合。李远康活了将近四十年，第一次感受到生活原来可以这般有滋有味。

本来他还打算趁赵有亮回家过节，去打听下南京那边还有没有活干，现在田里正好没农活，去挣一点外快补贴家用。他还有个更美好的想法：让哑巴替自己生一个孩子，希望老李家不要在他身上断了香火。但现在出了小孩子玩闹之时，差点出人命这档子事情，一切计划只得往后拖延了。看着哑巴急匆匆从暮色中回家来，李远康深深叹了一口气，起身端饭菜上桌。一切还得从长计议。

时间过得很快，寒冷的冬天悄然过去，初春的料峭，虚张声势了几天便隐匿了锋芒，冰雪融化大地复苏，农耕时代的人们遵循着古老的传统，每到这个季节便开始深耕翻地，撒下各类作物种子，播种一年的希望。正是春三二月时，这个时节也是一年中食物和菜肴最匮乏的时候，每家的餐桌上吃的都是腌制的咸菜，而干的却是最辛苦的重活。

当树上的知了渐渐销声匿迹时，又到了开学季，队里的适龄孩子陆续开始上学了。包括那批曾在冰上犯野的熊孩子们。大宝读三年级时，另外的那些孩子上一年级。9 月 1 号那天早上，哑巴的大儿子背着娘替他缝制的布书包由李远康带着去惠民小学报到去了。

到了学校，只见最南边靠近一条小沟的两间平房，门口牌子挂的是一年级，一共就两个班，每一个教室里都挤满了大人和小孩，李远康领着孩子就近进了一（1）班，挤到讲台边报名时，突然发现那个女老师居然是姜美玉。只见她穿着一件白色衬衫，干练的短发，额前用卡子夹住了一缕刘海，不让头发挡住视线，她正忙着在一本报名册上填写孩子的名字。美丽但略显苍白的脸上不住地有汗水淌下，她都顾不得擦下，写完一个放下笔又开始接受另一个家长的咨询。那时候农村里不识字的人很多，所以孩子一般都被大人和邻居们大郎二郎大宝小宝称呼着，到了上学时候才由老师即时给取个学名。

终于轮到李远康了，姜美玉认识他，点头打了个招呼："你家孩子有没有学名？"

"没有，姜老师你给取一个吧。"

"哦，小名叫啥？"

"大狗。"

姜美玉对他家情况比较了解，便沉吟了一下："学名就叫周安平吧。希望孩子平平安安。记住了？"姜美玉摸摸大狗的头。

孩子使劲点了点头。心里那个高兴劲儿："我终于有学名了，以后不会有人再叫我走狗了。"

三十四

姜美玉挣扎了一个多月才决定去小学当代课老师。

那男孩到了大学后来过一封信给姜美玉，语气已变得非常客气，先是介绍了自己的大学，然后讲讲面对来自全国各地的新同学，自己是如何的兴奋与好奇，表示上了大学，自己学习的劲头更足了，绝不让自己的成绩落在别人后面，要为高中时的母校和老师们争光云云。并邀请姜美玉在方便的时候去他的学校看看，他一定会做好接待工作。而对两人曾经的誓约再也没提半个字。读完信，姜美玉默默将其付之一炬。擦干眼泪，第二天就去旁边的小学向宋校长报到。因为那男孩子的父亲是乡中的校长，她绝不愿意在一个背弃了自己的男孩父亲手下工作。宁愿去做一个普通乡村小学的代课老师。而这一个多月的内心煎熬使得原本娇小的姜美玉更显得瘦弱苍白，所以李远康见到姜老师，第一眼有点不敢确定。

姜美玉带的是一（1）班，旁边的一（2）班则是由刚从县城里下放来的一个男知青带班，男老师姓刘名勇生。他去惠民小学报到的那天，刚跨入校长办公室，姜美玉正好从里面出来。他眼见一个那么美丽素雅的女子从自己身边走过，不由呆了一下，目送着她远去。

见到宋校长后，又不好意思问，宋校长在所有工作都安排完毕后，无意中对他说：“跟你同时带一年级的老师叫姜美玉，希望你们在以后的工作中互相配合，带好这一届的新生。做孩子们优秀的启蒙老师。”

刘勇生听到这个美女居然是自己的同年级老师，不由欣喜万分，对原本来这所偏僻的乡村小学工作有些抵触的情绪已经烟消云散。觉得一段浪漫的教学生涯即将展示在自己的面前。

九月的天气已经开始分早晚，早出晚归须在外加一件罩衫，中午时光还是有点闷热。

可能排课时间正好错开了的原因，刘勇生每次下了课想去隔壁班级看看姜美玉，但一直不巧，要么她刚离开了，要么是别的老师在上课，半个月下来他居然没好好与她交流过一次，心里不免有些沮丧。

九月下旬的一天，他上完最后一节课，离晚饭时间还早，刘勇生便回宿舍换上运动装拿了个篮球准备去学校操场上玩会投篮。刚从宿舍出来迎面遇上了拿着行李过来的姜美玉。他忙迎上去："姜老师，你也住校啦？我来帮你拿吧。"

姜美玉对他莞尔一笑："刘老师，你好。那请你替我把这网兜里的日用品拎过来吧。谢谢啦。"

正愁找不到搭讪机会的刘勇生，立马接过东西跟着姜美玉去女教师的宿舍区了。

说是宿舍区，其实也是一排很简陋的平房，而且男女宿舍就在一排，中间住的是校长一家子，西边是男老师宿舍，东边是女老师宿舍。房间里除了一个木制床架，一张长凳，啥都没有，姜美玉家离学校不远，之所以也在宿舍安排一张床位，主要预防风雪落雨天，临时好将就下。平时还是回到自己家里去。而在刘勇生心里，看到姜美玉也住校了，觉得自己离她又近了一步，暗地里不由欣喜若狂。

"姜老师听说你就差两分就可以上大学了，真是太遗憾了。"刘勇生没话找话，本来想引起姜美玉共鸣好进行下一个话题，不想，这正戳中了她的痛点，她一直用忙碌来淡忘这件事情，可偏有人哪壶不开提哪壶，又提起这件事情，不由心生怨恨，她沉着脸说："刘老师谢谢你了，东西放下你去忙自己的吧。"说完自顾着擦灰尘铺床垫，不再理他。

刘勇生不由一头雾水，思忖着自己究竟哪儿出了错。不过人家既然下了逐客令，也不好再涎着脸待下去，便放下东西讪讪退了出去。

姜美玉其实也早注意到了刘勇生。那天她从宋校长办公室出来，迎面碰上了这个穿着一身运动装朝气蓬勃的大男孩，擦身而过的一刹那，她感受到了他惊讶羡慕的目光，但她还没走出初恋夭折的伤痛，对周围的一切都很漠然，再说她所遇到的仰慕目光比比皆是，所以也根本就没往心里去，但巧合的是这个男孩居然成了自己的同事。

三十五

半个月后的一天，在学校的简易黑板报上刊出了一条校长办公室通知，下星期一一年级两个班的班主任要去隔壁乡的一个中心小学听课。让两位老师提前安排好课程。这个学校离惠民小学大概有二十里地的路程，姜美玉心里有点犯难，步行过去太远，但又没公共汽车可乘。该怎么办呢？她边从黑板报前走开边低头想辙，眼见着刘勇生推着一辆崭新的永久牌自行车从她身后冒了出来，经过她旁边时对着她挤了挤眼睛，拍拍车子无座：“姜老师，愿意屈尊坐我的车子哇？”

姜美玉对他笑了下：“太好了，提前表示感谢。”

刘勇生的父亲是个转业军人，在橡胶厂保卫科工作，母亲是个国营商店的经理，为了方便儿子星期天回县城，特地给他买了辆自行车。那个年代能拥有一辆崭新的永久牌自行车也是件了不起的事情了。而这次能载着姜美玉骑行四十里，这要比往返于学校与县城之间有意义多了。刘勇生急切地盼望着下星期一的到来。

时间在有所期待者的眼里总是过得非常缓慢，而对于每天都按部就班忙碌着的姜美玉来说，一晃就到了要走出自己熟悉的校门，去陌生的学校学习授课经验的时刻，由于听课安排在下午的第三节课，姜美玉上好了下午的第一节课才回到办公室里拿了装着笔记本和钢笔的小包来到了校门口，只见刘勇生已经靠着学校门口的一棵大树，笑意盈盈地望着急匆匆赶来的姜美玉。那辆自行车被置于一旁，姜美玉仔细一瞧，觉得车子比第一次看见时更加亮了，是的，刘勇生提前半个小时，已把它细细地擦了一遍。

离开学校不远的时候，刘勇生慢慢地踩着车子，泥质路面虽然高低不平，人坐车上还没觉着颠簸得厉害。等过了大概两里左右，刘勇生突然开始加速，车子开始疯跑起来，吓得姜美玉紧紧拽着他的衣服大叫“停下停下”。可刘勇生仿佛没听见似的，一边哈哈大笑一边猛踩踏脚：“你要害怕抱住我呀。”

当车子碾过几个比较坎坷的沟壑，姜美玉差一点儿就从车上摔了下去，她一下紧紧抱住了刘勇生的腰，几乎吓哭了：“你再不停下，我就跳下来。”

刘勇生这才慢慢减速下来，姜美玉一下子从车上跳下，怒道：“你这流氓！”刘勇生有点吃惊，这种他在县城经常玩的把戏，到了姜美玉眼中咋成了流氓。

“对不起，姜老师，刚才我是开玩笑的，你不要生气啊，上来吧，我保证不会再这样了。”

姜美玉怒气冲冲快步往前走着，不肯再坐他的车子，这下刘勇生有点害怕了，推着车子追到姜美玉身边。

“我向毛主席保证，如果我再骑快车，就罚我变小狗。”

姜美玉这才被他逗笑了，又坐上了他的车子。

从中心小学听完课回家时，火红的晚霞已经布满天空。深秋的天气傍晚时分已有凉意。姜美玉裹紧了衣服蜷缩在后座，紧紧地靠在骑车人身后，刘勇生的车子踩得很慢，两人之间的话语也不多，就这样在一条蜿蜒的乡间小路上，一辆车，载着两个年轻人，慢慢徜徉在两侧果蔬芬芳的乡间小路上，这样的场景，这样的氛围，一种别样的情愫悄悄在两人心中滋生了起来。

当晚，姜美玉回到了父母家中，刘勇生则回了学校宿舍，临别时，姜美玉分明看到了刘勇生眼中灼灼跳动着的火焰，不由自主红了脸低着头匆匆离去。爱情就这样猝不及防地来临了。

三十六

那时的乡村小学，师资力量严重缺乏，所以一个老师往往身兼数职，语文算术音乐，可能就是同一个老师，姜美玉就这样兼带着三门课程。有时正好一天中这三门课都排着，那么基本上就整天待在教室里。如果再遇到几个顽皮一点的学生，一天下来累得都不想说话。相比之下刘勇生要比她省力多了，因为是临时下放的知识青年，说不准什么时候会调至别的工作岗位，所以他只上语文和算术两门课，加上孩子们对于男老师多少有点害怕，所以他远没有她那么累，给人印象总是精力充沛，一脸阳光。

原来他一上完课要么骑车出学校溜达，要么抱着篮球在操场上玩，而现在，姜美玉在上课期间无意中往教室窗外一瞥，好几次都看到刘勇生正靠着教室前沟边的小树，笑呵呵地看着在上课的她，一发现被她看见，他就立即走掉了。时间久了，如果哪一天姜美玉看不到他，反而有点神不守舍。她心中暗想：难道自己真的喜欢上他了吗？这也太突然了吧？可如果真的几天没看见他身影，自己就会不由自主地产生各种猜测：他怎么了？身体不好还是出了啥事？直到又看见他出现在自己眼前，一颗心才放了下来。而他呢？消失几天后回来也不告诉她咋回事，把一小包小礼物往她办公桌抽屉里一放就完事了。后来听同事说起才知道，是他父母安排他回去相亲，这姑娘是他母亲同学的女儿，现在在县城的一个商店当售货员。

姜美玉一听这消息，立即感到头脑里“嗡嗡”作响，有一种被欺骗了的感觉，心中的气恼和绝望，令她没加思索便把他送的东西扔进了垃圾桶。双眼含着泪水冲出了办公室回到了宿舍，趴在床上蒙着被子，狠狠哭了一场。又一次为了还未来得及开始便已夭折的“爱情”。

当晚她觉得头痛难忍，上完下午第三节课，便回了宿舍，晚饭也没吃，就躺床上睡觉。住隔壁的宋校长爱人，来宿舍看望了姜美玉，还端来了一碗稀饭、一个馒头和一小碟咸菜，让她等会儿起床了再吃。

初冬的夜晚已经让人感觉寒冷，姜美玉裹着被子睡到近九点时，觉得头没那么痛了，想起白天学生的作业本还没批改，便起了床，点上煤油灯，准备先吃点饭再批改作业，但一摸饭碗，早已冷了，馒头也硬得不能吃，便倒了点热开在搪瓷杯里，准备喝一点热水暖暖身子就开始批改作业。

这时候，门外响起了轻轻的叩门声，姜美玉立即警觉地问道：“谁？”

“是我，刘勇生，开门。”屋外传来很轻的回答声。

姜美玉一听是他，一下怒气上涌，狠狠地回答：“这里是女教师宿舍，这么晚了不便开门。”

“开门呀，我有话给你说。”刘勇生几乎是央求的声音了。

想起外边的寒冷，姜美玉心一软，便给他开了门。

只见刘勇生怀里捧着一碗热气腾腾的面条，裹挟着一阵寒风挤进了门里：“快，趁热吃了这碗面条。”

姜美玉一看，面条上面还躺着两个荷包蛋：“哼！谁稀罕。”

“呵呵，我都听见你肚子里唱空城计了。快趁热吃吧。”

姜美玉本来还想挤对他几句，但肚子确实已经饿得咕咕直叫，心想，还是先吃饱了肚子再说。

刘勇生就这样坐在她对面，看着煤油灯下的姜美玉很香地吃着自已做的面条和荷包蛋，一抹甜蜜的笑意浮上了他的脸庞，眼光也变得柔情似水，姜美玉无意中抬头一看他不同以往的神情，心里“咯噔”一下，脸上也飞上了红霞。垂下眼帘三两下就把面条吃完，把碗往他手上一塞：“吃完了，谢谢你，你可以走了。”谁料刘勇生一下就将碗和捧着碗的手全都抓住了。

三十七

姜美玉用力挣扎了两下还是挣脱不了，想大声斥责又怕被隔壁宋校长一家听见，只得压低声音警告："快放手，否则我咬你。"

刘勇生看着她杏眼圆睁，但又无可奈何的样子，越发觉得她是那么可爱，便用另一个手接过碗轻轻放桌上，然后用两个手紧抓着姜美玉双手："美玉，我喜欢你。"

姜美玉狠狠地回答："你相亲都相好了，还跑到我这里来耍流氓，再不走我喊人了。"说着猛吸一口气，好像真的要喊出来的样子，吓得刘勇生急忙转过桌子一下子将姜美玉拉进怀里，以迅雷不及掩耳之势将自己的嘴唇堵在了姜美玉的嘴上，姜美玉一下没反应过来，睁大着眼睛愣愣近看着刘勇生靠近了的脸，但又喊不出声来。

随着刘勇生温柔的亲吻，姜美玉逐渐开始沉醉，第一次这样亲近一位异性，他身上居然有一种迷人的气味，既像阳光的味道又像松木的味道，总之是她从没闻到过的一种气味，他的唇又是如此火热地压着自己的嘴唇，这就是与男孩子的第一次亲吻？姜美玉又紧张又迷恋，随着他旋转的头颈，她也居然开始积极配合着他的动作……哪怕在如此特殊的年代，青年男女间的爱情永远是动人心魄的篇章。

"美玉，我不喜欢父母替我介绍的那个，我就喜欢你。"刘勇生在姜美玉耳边低声说道，"从我第一次看见你，我就知道自己要的是你。"

温柔的话语伴着热乎乎的气息在姜美玉耳边发酵成了醉人的美酒，她几乎是呻吟地回答了一声："嗯。"

看着自己心爱的姑娘此刻微闭的双眼，绯红的脸庞，刘勇生再也控制不住自己，一把抱起姜美玉放到了床上，姜美玉稍作挣扎便失去了抵抗的能力，任凭刘勇生将自己的第一次拿了去……

随着冬天的来临，姜美玉住校的时间越来越多，孙万年夫妇认为自己的小女儿是为了工作才减少回家次数，所以也很放心，只是在临近周末才让上学的孩子带个口信，叫她回家改善一下伙食。他们根本不知道女儿处于恋爱状态，而且已经不再是处子之身。如果这事让姜老太知道，还真不好说会发生怎样惊天动地的事。

宋校长似乎有些察觉。但青年男女之间谈个恋爱是很正常的一种社会关系，他不便发表意见，可如果婚前越轨，在那个年代是件不得了的大事，轻者开除公职，重者当作流氓抓起来。他关注到刘勇生和姜美玉两人的亲昵关系，但也没往更深一层考虑，为防微杜渐，在一次校办会上宋校长曾经明确表示："我不反对青年教师间谈恋爱，但是要用理智来约束感情，毕竟大家都为人师表，切不可树立坏榜样。"

其间他特地往刘勇生位置上看了一眼，刘勇生有点心虚地低下了头，姜美玉也觉得脸上有点火辣辣发烫。

可是一旦跨出了第一步，再回头已经不太可能。品尝了男欢女爱的欢愉，体会着心灵与肉体的震颤，就再也回不到从前清教徒式的枯燥生活。况且私底下两人已经到了非你不娶非他不嫁的地步。

可是纸终究包不住火。放寒假的前一个星期，一天早上姜美玉起床刷牙时，突然觉得恶心反胃，想吐又吐不出啥，一起站在屋前刷牙的宋校长妻子忙放下牙缸赶过来："姜老师，你怎么了？有啥不舒服吗？"

姜美玉吐得眼泪都下来了，说不出话只是摇摇头。

宋校长妻子忙将她扶到宿舍去休息。以为她胃不舒服，喝点热开水休息一阵子就会好。可是一连三天姜美玉一直这个状态，动不动就恶心呕吐，这下宋校长妻子有所警觉了，毕竟是过来人，她回家悄悄跟老头子说："我看姜老师的样子好像是有了……"说完她自己都吓了一跳。

宋校长忙捂住老伴嘴巴，悄声说："这可不能瞎说，人家还是姑娘家呢。这样，你这几天经常过去看看她，如果确实身体不舒服，要让她上卫生院去看医生。"

三十八

接下来的一连三天，宋校长妻子一直留心着姜美玉的状况，见她每次清早起来刷牙都伴着干呕，心里已经明白了七八分，第三天清晨，她随着姜美玉进了她的宿舍。

"姜老师。"她一踏进宿舍就掩起了门，悄声说道，"你是不是不舒服？"

姜美玉看着宋校长的妻子，有点不好意思："就是每天刷牙时有点反胃，别的没感觉。"

"哦，你上个月例假来了没有啊？"

姜美玉一怔，心里仔细盘算了下："没有，我以为这段时间忙，身体有点透支了，才会推迟几天。"

"傻孩子，你这是怀孕了，你自己不懂吗？"

姜美玉如当头被砸了一棒，脸色煞白，人也呆住了。

"你还是姑娘家，咋一点儿也不懂自我保护？现在你打算咋办？和他结婚吗？"

姜美玉眼泪夺眶而出："阿姨，求你不要跟宋校长说，不要跟任何人说。"

看着姜美玉楚楚可怜的样子，宋校长妻子叹了一口气："我们不会跟任何人说起，可你这纸包不住火啊，迟早要被人发现的，你就是马上和他结婚，喜欢管闲事的人还会算得出你未婚先孕，恐怕你这工作也保不住了。"

姜美玉一下跪在了宋校长妻子面前，把她吓了一跳："快起来，你这是干吗？"

"阿姨，我犯了这么大的错误，该怎么办？求求你和宋校长帮帮我。"

"唉，你真是糊涂，等我回家跟老头子商量商量，看有什么办法补救。"

宋校长妻子叹着气离开了女教师宿舍。

姜美玉此刻的心情犹如滚油浇身，说不清是懊恼、后悔还是恐惧，捧着杯子的手在剧烈颤抖，寻思着怎样跟刘勇生说，怎样跟父母解释，一旦事情暴露又该怎样面对周遭各种眼光，越想越没头绪，越想越害怕，突然一个疯狂的念头闪进她的脑海——干脆一了百了吧。她被自己这想法吓了一跳。

宋校长得知姜美玉的事情之后，又生气又懊恼，第一感觉认为自己对年轻教师的关心和教育太少了，导致出了这等大事，作为校长也有着不可推卸的责任，但如何解决这么棘手的问题，还真没数，他觉得无论如何不能让这两个年轻人因为一时糊涂毁掉一生的名誉和幸福。

学校的期末考试已经结束了，教师们都在忙着批改试卷，填写学生成绩报告单。学校里一派放假前的忙碌景象。教师办公室时不时有胆子大的学生跑来询问自己的考试成绩，宋校长跨进办公室时正看见刘勇生摸着一个小男孩的头笑眯眯地说着：“周卫东，你这次期末考试不错，语文算术都在八十分以上，下学期再加把劲，有希望评到三好生了。”

男孩子兴高采烈地飞跑出了办公室，向同学报喜去了。宋校长走到刘勇生办公桌前：“刘老师，你出来下。”

刘勇生抬头一看宋校长的脸色，心里有点发毛，难得见这老头这么黑着脸，一副山雨欲来的神情。

“难道他发现了我和姜美玉的事情？”他在心里嘀咕，“男女之间谈恋爱又不犯法。”他边走边安慰着自己。

宋校长直接把刘勇生叫到了自己家里，一进屋便开门见山：“刘勇生，姜美玉怀孕了，你知道吧？”

刘勇生一下蒙了，这么突如其来的消息他一点也没心理防备，一下跌坐在凳子上：“这……我……我不知道……”

“你打算如何解决此事？”宋校长问。

刘勇生额上已经冒出了汗珠：“后天放假了，我回去跟家里说一声。”

“你得为人家姑娘负责，尽快娶了回家。时间拖久了，人多口杂，对谁都没好处，尤其是对姜老师。”宋校长言简意赅表明了自己的态度。

刘勇生口中答应着，擦着汗走出了宋校长的家，离开时他看了看旁边女教师宿舍的门关着，暗自思忖着姜美玉此刻在何处。想象着她心里受到的煎熬，不知要比自己难挨多少倍。此刻的他心里充满着对姜美玉的疼爱和歉意，但没觉得后悔，他认定了要娶她作为妻子。眼前的这些挫折就当是对于两人之间爱情的考验。他决定一回到家里就向父母摊牌，争取早日将姜美玉娶进家门。

三十九

姜美玉将教室里最后一张课桌排在屋子一角后，检查了一下门窗，又把黑板上残留的几个粉笔字迹擦干净，便转身走了出去，随手带上了教室门。孩子们早就如同放飞的小鸟，叽叽喳喳飞出校园，飞回了自由天地撒欢去了。寒假来临了，但她并不觉得轻松，反而心上如同压了一块大石头似的沉重。她不知道等待着她的结果是什么。

自从得知自己怀孕后，她没有再住过学校，也没想好怎样和刘勇生说，她心里乱如一团麻，怎么也捋不清楚究竟如何处理此事。首先父母那一关就难以过去，更不用说如何面对同事邻居。每每想起宋校长妻子首次跟她说“怀孕”两字的感觉，马上就如同一盆冷水从头顶浇下，从心底寒到全身。

她朝校门走去，旁边不时有穿行而过的同事或学生在跟她打招呼，快到校门口时，看到大树下赫然站着刘勇生，她心里居然有点儿发慌，心跳骤然加速，只见他朝她招手，示意姜美玉过去，她往两旁看了看，发现没人注意便迅速跑到了树下。

“美玉，事情我知道了，你受苦了。”刘勇生小声对她说，“我这次回去就跟我父母说清情况，争取他们的同意，尽快和你结婚。”

姜美玉一听到刘勇生温柔但坚定的声音，心中所有的恐惧和委屈一下如同决了堤的洪水喷发出来，眼泪夺眶而出。刘勇生此刻很想将她拥入怀中，替她拭去泪水，但这只能是心里的想法，回到现实中，他只有小声说道：“不哭啊，你等着我的好消息，我现在就走了。”

姜美玉好不容易止住了泪水，点点头：“你走吧，路上小心。”心头纵有千言万语，此时也只有寥寥数言。

刘勇生最后深深看了她一眼，便转身骑上车飞快地驶向了远处。姜美玉感觉到自己的心一下子空荡荡的，仿佛他这一去不会再回来了。

一个星期后，一位衣着端正、面相威严的五十多岁的妇女，来到了这个寂静的乡村小学校园，来找宋校长。正在宿舍后面点煤炉准备做饭的宋校长，连忙洗了手将客人带到办公室。

“我是刘勇生的妈妈。你是宋校长吧？”中年妇女一坐下便自我介绍。

“哦哦，是的，你请坐。”宋校长一下感觉来者不善。

“我家刘勇生当时可以去乡里的中学教书的，可我和他爸爸都觉得应该让孩子体验一下乡村学校的艰苦环境，好好锻炼一下他的意志，所以把他送到了这里，可没想到，一个学期下来没长什么见识，倒是给我找了个大麻烦。”妇人停顿了下，看着宋校长，眼里的不满与不屑快溢出眼眶。

“是我们对青年教师的思想教育不到位，这是我的责任。”宋校长诚恳地自我检讨。

“还好我儿子下学期开始不来了，今年冬季征兵，他已经报名参军去了。”

宋校长心里一惊：“刘勇生要去参军啦？那是好事啊，保家卫国是每一个青年的光荣职责。”宋校长停顿了一下，“他有没有跟你说起过一个叫姜美玉的女教师？”

“说了，还想把她娶回家呢，你想想看，我们怎么会同意他娶一个生活如此不检点的女人？”那妇人又是一脸嫌弃，“他倒是跟我闹得鸡飞狗跳的，我和他爸爸坚决不答应，年轻人应该先把精力放在工作和学习上，结婚成家还早着呢。”停顿了一下，只见中年妇女从随身携带的小包里掏出一只信封，递给了宋校长，“我也听刘勇生说了，那女教师怀孕了，喏，这是给她的营养费，麻烦宋校长转交一下，我们就不出面了。”

宋校长一下气得说不出话来，愤怒地盯着这个女人：“这就是你替刘勇生处理的结果？你考虑过这两个年轻人的感受吗？”

“他们都是成年人了，就得为自己的行为负责，我家儿子是有错，所以我要送他去部队接受教育，那女教师呢？她父母怎么教育的？不懂未婚先孕是道德败坏的行为？女孩子如此不洁身自好，家教有很大问题。”

听着妇人振振有词的言语，宋校长不由怒火中烧，颤抖着手，指着办公室门口：“你出去吧，这里不欢迎你。”

妇人有点诧异地看着宋校长，没想到他会说出如此失礼的话语。便急匆匆收拾了一下，有些愤怒地离开了这个儿子闯下祸的地方。同时也有点庆幸，她没想到事情会解决得如此顺利。

四十

1963 年接近年底时，埭上发生了两件事情，一件事是赵有财的爷老赵头，卧病在床一年多，终因极度营养不良和久治不愈的肺病去世了，死时骨瘦如柴，让人不敢直视。另一件事就是哑巴为李远康生下了一个女儿，这个四十多岁的男人终于有了自己的亲骨肉，他抱着刚出生的女儿眼泪忍不住掉了下来。

生命就是这样生生不息，衰老的病残的离开了，稚嫩的健康的到来了。所以这块土地上的人们，哪怕历尽种种磨难，但对于明天还是充满着希望。

赵有亮带着姜美云和两个儿子也从南京回到了老家，一同处理老爹的后事，他的两个儿子大的叫赵姜海，小的叫赵姜涛，一个九岁，一个七岁。俩小子尽长父母的优点，皮肤白净，眼睛大且有神，脸蛋又漂亮，与乡下那些又黑又脏的孩子站在一起，真是鹤立群鸡的感觉。姜老太夫妇拿两个外孙当作宝贝，女儿女婿要求老两口不要过于宠溺孩子，放手让他们跟邻居的孩子们去玩，可姜老太紧紧盯着外孙，不时提醒："不要跟大宝玩，他会带你们瞎跑，跌沟里要出人命的。""张建昌的两个小孩太犯野，也别跟他们玩。""不许去北边的周家宅，那里闹鬼。"反正就这样连哄带骗尽量将两个孩子留在家里。

有几次正好被大女儿听见，她很诧异地对姜老太说："妈，你怎么能这样教育孩子呢？我们都是从农村出去的，农村里的孩子有啥不好？你让他们去玩吧，别这样培养孩子的优越感。他们的根在这里呀。"

姜老太口头上答应着女儿，但一转身她还是按照自己的方式来管教着两个外孙。话说当年大女儿怀了第一个孩子时，姜老太连着写了几封信过去，反复述说着自己多年来的不易，遗憾自己只生了两个女儿，姜姓以后没了子嗣，有负于当年她的爹娘对她的期望，云云。

赵有亮看了信笑着对妻子说：“你懂你爹妈的意思哇？”

姜美云摇摇头。

“你妈希望咱们的孩子名字中带上姜姓啊。嗨，老太太也是煞费苦心的。”赵有亮笑着说。

后来，当姜老太收到女儿写来的报喜信件时，迫不及待让老头子念，得知大外孙取名赵姜海，一下老泪横流：“我们姜家有后啦。”

时隔一年，小外孙又出生，取名赵姜涛。姜老太觉得自己此生已经没什么遗憾了。所谓传宗接代的人生大事到她手上已经圆满完成，姜家香火又续了下去。所以她觉得从此在人前腰板可以挺得更直，嗓音可以更加洪亮，用孙万年的话就是姜家的屋檐拔高了三尺。此话几乎成了孙万年的名言，流传了几十年。

因军校事情很忙，赵有亮办完自己父亲的后事，只在家歇了两天，就于年初三带着妻子孩子回到南京去了。姜美玉根本没时间和姐姐交流自己的私事。

姜美云上午离开的家，下午宋校长夫妇就来了，当时孙万年出门在外，家里就母女两人，姜美玉一看见宋校长夫妇进门，一下感觉将有大事发生，吓得心都在打战，因为她还没敢跟母亲说起自己的事情。这次校长夫妇上门来，肯定是纸包不住火了。她在心里暗暗祈祷：希望他们能带来刘勇生的好消息，这样一来，就算母亲知道自己未婚先孕，也可以抵消掉大部分怒气，自己总归要嫁人的啊。

姜老太连忙将宋校长夫妇迎进门，端茶递水一阵忙碌，又喊姜美玉拿出一些糖果招待贵客，姜美玉应声出了房门，抬头看见宋校长一脸严肃的样子，吓得差一点将手上的糖果盆打翻。又发现宋校长的妻子看看她轻叹一声，更觉得大事不妙，靠着门框的身子慢慢软下，跌坐在门口的一张小板凳上，仿佛在等着命运对自己的最终判决。姜老太发现了女儿的不对劲，有些狐疑地问宋校长："这是怎么啦？出啥事情了？"

四十一

宋校长有些尴尬地清了清嗓子："我们这次来确实是有一件很重要的事情要跟你们说。"

继而他又转向姜美玉："刘老师下学期开始不来学校教书了，他去参军了。"一听此言，姜美玉本就虚弱的身子再也经受不住这样的打击，一下子晕了过去。众人七手八脚把她扶到床上，又掐人中又拍脸呼喊，她终于清醒了过来，未及言语眼泪直流。至此，姜老太心中已有四五分数了，觉得自己女儿这个样子肯定与那个刘老师有关。坐在床沿上对着姜美玉说道："三条腿蛤蟆不好找，两条腿男人有的是，咱犯不着这个样子。"

"现在的问题是……"宋校长有些为难地停顿了下来，示意自己的妻子说下去。他妻子拉起姜老太的胳膊，和她并排坐在了旁边的一张长条凳上，"你听我说话，可千万不要激动啊。"

越是如此神秘姜老太越是觉得事情严重，急得她摇着宋校长妻子的手臂："究竟怎么啦？快告诉我啊。"

"是……是美玉怀孕了。"

如同五雷轰顶，姜老太一下怔在了那里，继而大吼一声：

“你这死丫头，你不要脸我们还要脸，我今天非打死你不可！”边说边抓起旁边的笤帚直奔向床边。

宋校长夫妇连忙紧紧拉住她，把她摁坐在凳子上：“姜妈妈别激动啊，咱是来解决问题的，你这样于事无补，大家还是冷静下来想想办法。”

“我把自家姑娘清清白白交给公家，怎么会出这种丢人现眼的事啊，这传出去叫我们怎么活啊！”姜老太开始拍着大腿呼天抢地。

宋校长听出她话中有话，很诚恳地对她说道：“我作为学校领导，只顾盯着学生的学习和生活，忽略了对青年教师生活恋爱方面的教育和指导，放松了生活作风这根弦，导致出了这么大的事故。我有很大的责任。这次登门的一个重要原因也是想得到你们的原谅。姜美玉是个好老师好姑娘，就是在恋爱方面没把握好自己，这次我们一起过来就是商讨如何妥善解决此事。”

姜老太听宋校长这么一说，激动的情绪也慢慢平静了下来，现在吵闹根本无济于事，反而容易被周围邻居知道，成为话柄，自己姑娘这辈子就甭想嫁出去了。

“是哪一个百爷种作的孽？”姜老太将怒火转向了始作俑者。

“他也是我们学校的一个教师，叫刘勇生，来自县城，知识青年到农村体验生活，被分派到我们学校当了一名代课老师。”宋校长回答。

“我要去找他！他得为我家姑娘负责。”姜老太边说眼泪又流了下来。想想自己女儿以后将要面对被人戳脊梁骨的现实，又是一阵心痛。

宋校长便把那天刘勇生母亲来学校的过程说了一遍，最后说道："现在就是刘勇生愿意负起这个责任，他家里也不会同意。况且他已经被父母安排去参军了。当务之急是怎么处理腹中的孩子。"

姜美玉虽然躺在里屋床上，但他们的对话听得清清楚楚。眼泪早已打湿了半个枕头，内心的绝望令她盖着厚被子的身子没感到丝毫暖意，说不清楚是冷还是害怕，整个人在不停发抖。她暗暗下了决心，等宋校长他们离开了，找一个无人的时机，将自己投进西边的小河里，结束这绝望屈辱的生命。人一旦有了最坏的打算反而会变得镇定，颤抖的身躯也逐渐平稳了下来。只不过她现在不想跟任何人说话，任凭自己沉沉睡去。

四十二

外出串门的孙万年回家了，他一跨进家门就觉得气氛不对，老太婆摆着一张苦瓜脸，眼角还有未擦拭干净的泪痕。更觉得不可思议的是宋校长夫妇俩来到了自己的家里，但从他们严肃的表情看不像是来拜年的。再一瞧，自家的丫头不见人影。难道校领导来了也不来接待一下唠几句嗑？孙万年心里一沉，觉得肯定出了非同小可的事情。

姜老太看见老头子回来了，一拍膝盖又号起来："你死哪儿去啦？家里天都快塌下来了才回来啊。"

孙万年觉得此时与老太婆绝对难以沟通，转向宋校长很紧张地问道："出了啥事了？"

宋校长便简要地把事情说了一遍，孙万年听了一屁股坐在了门槛上再也起不来了。宋校长连忙走上前把他扶了起来："事已至此了，你是家里的当家人可千万别乱了方寸，当务之急还是商量如何处理这件事情。"

"就是说男的家里不肯承认这桩婚事了？我大女婿也是有头有脸的人，我们家怎么就配不上他家了？"孙万年自言自语。

"新社会没有门当户对的说法，提倡的是男女恋爱自由，婚姻自主。但据我所知，那个刘老师的父母前几时已经替儿子介绍了一个同事的女儿，并且两家大概是世交，所以坚决反对他自己的选择。当然这种事情拿到台面上，错的肯定是父母，但是子女的婚姻完全脱离父母的意愿，当下这种例子还不多。这孩子的立场可能还没坚定到如此地步。所以，我们得做好最坏打算。"

"当务之急是怎么安置腹中的孩子。"宋校长补充道。

"这死丫头呢？一声不吭就算完事了？"孙万年难得发火。这下边骂边推门进了房间，看见女儿正裹着被子睡觉，气得用颤抖的手指着床道，"你惹火烧身了还睡得着？你不但丢了我和你娘的老脸，连你姐、你姐夫的脸面都被你丢光了。不争气的东西！"

姜美玉动了一下，把头也埋进了被子，身上裹得更紧，根本不理睬老爹的暴跳如雷。

"唉！"孙万年一跺脚恨恨地走了出来。

"要不我去跟姜老师谈谈。"宋校长妻子说道。屋里的人都没作声，就算默认了她的建议。宋校长的妻子走进了房间，轻轻掩上了门。过了大概半个多小时，在外间的人终于听到了姜美玉压抑的哭声，声音虽轻但其中的痛苦和委屈听得让人揪心，姜老太不由自主也掉下了眼泪："这苦命的丫头，以后的日子怎么过啊？”

又过了一会儿，宋校长的妻子走出了房门，脸上带着一种果断的神色说道：“我已经和姜老师沟通了，她同意先把孩子流掉，以后的事再作打算。”

可那个年代未婚流产是种会引起轰动的丑闻，不要说跟未确定关系的异性，就是跟准备结婚的对象发生这种事情也会被人指指点点。“作风不好”的大帽子将如影随形跟随你一辈子。以后组建家庭、参加工作、入党提干等都会受影响。将来哪怕你工作再积极，表现再优秀，这如同原罪般的标签还是会紧紧粘在你的身上，摸不着但永远撺不去，这是一种很恐怖的惩罚。

“流产必须要有证明，有男方陪同，还得说清楚流产的原因，这……这根本办不到啊。”孙万年摊着双手。

“事到如今，只能走后门了。”宋校长妻子转向自己的丈夫，“让我家丫头帮一次忙吧。”

“也只能如此了。”宋校长说道，“我家丫头在隔壁乡卫生院工作，她虽然看的是小儿科，但让她悄悄找个妇产科同事做一下手术应该没问题的。”

“那太谢谢宋校长了。”姜老太差一点跪下来。宋校长妻子连忙扶住了她，“姜美玉是个好姑娘，我们都希望她能顺利渡过这一个关口，过好以后的日子。”

四十三

刘勇生告别姜美玉回县城那天，心里虽是惴惴不安，但是想到姜美玉已经有了他的孩子，最坏的打算也就是被父母一顿臭骂，然后无奈接受事实。但结局出乎他的预料，他妈妈得知此事后火冒三丈，尤其听说还怀了孩子，立即下令家人轮流看守儿子，不让他再随便出门活动，别说再与姜美玉见面，就连书信也不许往来。用她的话来说："不但是个乡下丫头，还如此不检点，怎能跨进我家的门？"任凭刘勇生如何恳求、反抗都无济于事。

姐姐有些同情弟弟，提议让他跟着去县招待所干点杂活，反正就在她手边干活跑不到哪里去。可被母亲一口回绝："像他这种立场不坚定，世界观还未形成的男青年，刚犯了那么严重的错误，再跑到女孩扎堆的招待所，指不定又闯什么祸呢，给我定心点，老老实实待家里睡觉、看书、干点家务活，哪里也不许去！"

后面的日子里，反正三人中一直有一个人待家里"陪"着他，甭说上街，就是出个门也跟着，在母亲一系列严厉措施下，刘勇生最终放弃反抗，乖乖待在家里吃、喝、睡觉。

一段时间后，母亲通过关系替刘勇生在征兵处报了名。能穿上军装曾经是他梦寐以求的事。但家里只有一个儿子，母亲其实是舍不得让他入伍当兵的，但现在，在农村惹了麻烦，便又将儿子送到了部队。

不得不说刘勇生母亲当年真是个神通广大的人物。在拿到入伍通知书那天，刘勇生母亲在他面前，一只手晃着那张红色的纸张，另一只手指点着他的额头："我可告诉你，你现在是现役军人了，如果被部队领导得知你干的好事，轻则永远没有提干深造机会，重则被抓起来蹲个几年牢。那女的也是，如再与你纠缠不清，那就是蛊惑现役军人，破坏国防建设，罪也大了去了。况且你已经有了对象——我同事的女儿，那她就是破坏军婚，也要抓起来判刑的。”

被母亲连哄带吓，刘勇生的心理防线彻底崩溃了。辗转反侧了几个不眠之夜，终于向母亲妥协，乖乖地穿上军装服役去了，并向母亲保证不会再与姜美玉有任何书信往来，同时也接纳了母亲看上的那个女孩。“姜美玉”——那个曾经如此让他迷恋的女孩，终经不住老娘的威胁利诱，随同那一段情史，被他彻底封存在了记忆的死角，仿佛再无开启的那一天。

“我们也不是没有良心的人。”母亲已经稳操胜券了，反过来安慰儿子，“毕竟是你闯下的祸，我会去你原来的学校一趟，看看那个姑娘，顺便带给她一笔营养费，这样也算对得起她了。”

刘勇生听了妈妈的话，默默转身去了自己的房间。还有什么好说的呢？心中纵有十万分的对不起，但终拗不过强势的母亲，也只能由她去了。

于是便出现了一位中年妇女与宋校长不欢而散的那一幕。

老赵头走了，留下孤苦伶仃的赵老太——一个小脚老妇人，生活更显不易，打个水抱个柴都摇摇晃晃不稳足。赵有财便让大宝去陪着亲婆，干些力所能及的活。想到能摆脱赵有财的视线，大宝难得不跟爹反抗顶嘴，很顺从地将自己部分衣服和书包拿到了亲婆家里。赵老太看到大宝，马上摸索着从枕头底下拿了一小块冰糖塞在了孙子嘴里：“大宝乖，愿意来陪亲婆。”

大宝第一次吃到这么好的东西，心里非常开心，嘴里裹着冰糖含糊不清地说道：“婆哇，我替你去河里提水去。”说罢，拿起提桶，飞快地跑出了家门。

大宝一路往西时对面正好碰上了用方巾严严实实包着头部的姜美玉和推着自行车的宋校长妻子。大宝看看姜美玉正想开口叫声“姜老师”，但见她有些吃力地朝他微笑着点了点头便擦身而过。大宝只觉得今天的姜老师有些奇怪，脸色不好看走路好像没力气。这只是在他脑子里一晃而过的印象，小孩子没那么多心思，马上又开始在横路上飞奔起来。

四十四

快到河边时，大宝看到两个男孩正在岸边往河里扔泥块，比谁扔得远，一直被孤立的大宝此时很想和他们一起玩，便放下手中的水桶，弯腰在路旁捡起了一块泥巴，后退几步再往前快跑顺势猛一挥手，只见那泥块裹着一阵风似的射向河面，好远才咕咚一声没入水里，水面随即泛起一阵涟漪。

那两个男孩有点吃惊地望向大宝，见大宝也正有点得意地看着他们，便一哄而散。大宝看清了，一个是张建昌的儿子，另一个是哑巴的大儿子。

又一次被伙伴抛弃的大宝心里有点气馁，无聊之际正好看见河边停泊着一条水泥船，眼见无人他便爬了上去，从船头跑到船尾，船尾又跑到船头，再钻进船舱里看看，里面除了一条破破烂烂的棉被啥也没有。大宝在船上溜达了一会儿，又伸着脖子往岸上看看究竟有没有人，倒是发现了那两个跑开的男孩在远处望向他，大宝兴奋起来，心想：既然他们没走远，说明他们可能还是愿意和他一起玩的。他必须搞点大动静来吸引曾经的小伙伴，他跑向了船尾，分开两腿站在上面使劲地左右摇晃，本来平静的河面开始水流波动，水泥船也开始剧烈地摇晃，大宝觉得这个游戏太刺激好玩了，便更加起劲左右摆动，远处的两个男孩正出神地望着大宝玩船，心里也开始痒痒，正商量着也去玩会儿，说话的工夫再一抬头，河面上已经没有了大宝的身影，俩孩子飞快跑过来一看，只见那条水泥船已经底朝天扣在了水面上，吓得他们立即飞奔着去叫大人："救人啊！大宝掉河里了。"

孩子们惊慌失措的喊叫声惊动了旁边田里干活的一个人，他扔掉了手里的农具，衣服都顾不得脱，快步跑到河边，"扑通"一声跳进了水里，钻入船底下，将下面的一个男孩子捞了出来。

等到赵有财及邻居们到来时，大宝已经双目紧闭躺在了地上。阿兰号啕着扑向大宝，被救大宝的那个人拦住了："先看看孩子还有没有救。"一边手脚利索地开始实施抢救步骤。

启东虽处于长江以北，但水面所占比例较大，田间宅边水网密布。有利的一方面是便于农田灌溉、农户生活取水，但不利的一方面是，经常有小孩溺水，致死的案例也很多。因为那时孩子多，爷娘顾不上妥善照顾好每一个孩子，基本都是大的带小的，而那时候的农村孩子没有什么娱乐方式，疯野瞎跑是常态，沟边也是经常光顾的地方，所以时有孩子落水的事情发生。对于那些尚能抢救一下的溺水者，人们自有一套土方法，能将溺水者从死亡线上拉回来。但救不回的例子也很多。

大宝现在就命悬一线。赵有财现在也是脸色发白，无论大宝平时怎样对他满怀敌意，但毕竟是自己的亲生儿子，现在看着他紧闭双眼，脸色煞白躺在地上，心里也阵阵发痛。只见那人将大宝裤子脱下，用布头将其肛门塞住，拎起大宝的双脚倒挂在自己背上快跑起来，跑了两三个来回后只听大宝猛咳一声，然后“哇”的一口水吐了出来。众人悬着的心放了下来，大宝终于被这人从死神手里抢了回来。

四十五

阿兰扑到儿子身边，带着哭腔喊着大宝名字，把他紧紧搂在了怀里。赵有财也探过身来瞧着大宝逐渐活泛的脸色，咳了一声：“起来，我来把他扛回家。”

阿兰连忙起身，众人也七手八脚把大宝托到了赵有财的背上，他驮起儿子又转过身来向那位救命恩人道了声谢：“老哥，抽空我带大宝登门来看你。”

那人连忙摆手：“乡里乡亲别见外了，你快把孩子带回去好好安置吧。”

阿兰这边也是千恩万谢，她无意中的一眼发现那人也在看着她，而且这眼光有点奇怪，既像关切又像询问，有一种欲言又止的感觉。阿兰在脑海中快速比对着和此人有关联的印象，但一时间实在找不出一点点信息。也许是自己误解了人家。阿兰心里有一丝歉疚掠过，不过刚刚经历了大宝死里逃生的大悲大喜，她也没心力再进一步去想此问题。

毕竟是孩子，两天后的大宝又活蹦乱跳了。和亲婆住一起的日子，大宝觉得自在而快乐，尽管经历了这一次的落水，但水乡长大的孩子没那么容易被吓住，帮亲婆提水仍然是大宝最乐意干的活，只是那条水泥船已经被移到别处去了。

阿兰跟赵有财商量，准备请那位救命恩人吃顿饭，也算对人家的报答。赵有财默认了这一建议，两人商定在两天后上个早市，买几个菜烧烧，像模像样请人家吃一顿。

两天后的傍晚，赵有财去到了西河边的小草屋，只见门开着，里面黑咕隆咚看不见人。“咳咳……”赵有财故意干咳了两声表示有人来访。

草屋东山头随即转出了一个人来，一顶破草帽还扣在头顶，一个裤脚高一个裤脚低迎了出来：“快快快，屋里坐，我点灯。”那人手脚麻利地端出煤油灯，划拉几下自来火，小屋刹那间亮了起来。

赵有财一眼扫过，只见屋内一桌一凳，一张简易床（用泥土砌的床墩，几片简易木板，上面铺了一层柴草，一条看不清布面的薄被子团在草上），一副泥螺灶。那人被打量得有点不好意思：“我正在东山头浇水，没注意你来，呵呵，家里就我一人，乱糟糟的，见笑了。”说着把破草帽摘了下来，顺便挠了挠似杂草丛生的头颅，说道，“你请坐。”

他那黝黑干瘦的脸庞倒是很配这样乱草般的发型。赵有财仔细打量了一下那人，大概五十多岁的样子，听其口音似乎有点像外地人。如果是外地人的话，也应该在启东生活了蛮长一段时间了，毕竟启东话不是很好学。他倒是说得像模像样了。一会儿的时间赵有财的心里对此人已经设想了多种可能：外地流浪至此的，跑亲眷跑脱空的，兵荒马乱躲过来的，等等。请他吃顿饭也算还个人情，这种来历不明的人以后还是少来往。赵有财心里已经盘算好了。

“老哥，我今天是特地请你去我家吃顿便饭，我家大宝也想当面谢谢你这位救命恩人呢。”

“使不得，这种事情谁看见了都会扑去救的，你不用这么客气。”

一个推却一个坚持，几番阵势下来，那人终于跟着赵有财去了他家。阿兰已经将两盆四碗菜端端正正放置于小方桌上，桌子的一角放着一瓶烧酒，那是几年前赵有亮送给他哥的礼品，一直舍不得喝，今天终于拿出来派上用场了。那人一看这架势，有点儿不知所措：“你们太客气了，整这么多菜，真让我不好意思。”

赵有财二话不说拉起那人的衣袖拽进了屋，将他按在了朝南的位置上：“今天你就定下心来坐在这里和我喝上几杯，咱哥儿俩喝个尽兴。来！大宝，先给恩人磕个头。”

大宝噔噔噔跑过来，眼睛却斜瞧着桌上的菜，正想跪下，那人立即跳起来：“你要这样的话我饭不吃走人了。男孩膝下有黄金，不能随便跪。起来起来！”

大宝也不是诚心想跪，立即顺势站了起来，趁着爷老子和那人说客套话，冷不防从盆子里抓起一个鸡腿飞快跑掉了。

阿兰看着儿子一连串的动作，呵斥也不是阻拦也不行，只能眼睁睁看着他拿了鸡腿夺门而出，长叹了一口气，跑回房里去看小宝有没有睡醒。

四十六

堂屋里的两个男人已经酒过三巡，一瓶酒剩下了小半瓶，于是话也多了起来。赵有财端起碗对着那个人说：“我听你的口音像是外地来的吧？老家哪里呀？"

那人低下了头抿了一小口酒："兄弟好耳力，我是重庆人，当过兵。"外乡人把头凑了过来，轻声在赵有财耳边说了一声，"参加过国军。"

赵有财吓得差一点被酒呛咳嗽，瞪大眼睛惊恐地看着外乡人，外乡人哈哈一笑："不过后来做了逃兵。今天咱有缘，喝了酒高兴，我就把我的经历告诉你听一哈子。"

"我来自山城重庆，父母早亡，与唯一的姐姐相依为命，姐姐到了出嫁的年纪把我也带去了夫家，作为嫁给一个残疾的男人的代价。姐姐婚后生了一儿一女两个孩子，大的男孩，小的女孩，家里虽然清贫倒也和睦。姐姐家住在街上，靠替人浆洗衣服做点针线活维持生计，我呢，去码头替人担点货物挣点小钱，所以，当时家里还是勉强过得去。我长到十七八岁时，姐姐已经开始替我在周围物色女娃，看着我早点成家，想必是她最开心的时刻。"

外乡人说到此处停了下来，脸上突然显示出压抑不住的悲伤，猛地扬起头喝了一大口酒："兄弟，你有没有觉得现在的日子虽然平淡，但能这样日复一日年复一年过下去也是一种福气。"

赵有财未置可否地喝了一口酒，闷闷地夹起碗里的菜送到了嘴边，不带咀嚼吞了下去，大概是想起了让自己不开心的事来，所以对外乡人的结论有点排斥。

"兄弟，你有没有过那种天好像塌下来的感觉？我有过！"外乡人似乎在自言自语，"那天如果我不去码头，自始至终陪着小英子就不会出事了，都怪我。"

在酒精的催化下，外乡人情绪有点失控，眼泪流淌了下来。

一把抓住赵有财的手腕："兄弟，我跟你说，那天英子有点不舒服，姐姐让我带她去郎中那里瞧瞧，出门时她还乖乖趴在我背上，让我回家时给她买糖吃，可回来时她已经不见了，都怪我。"

想起自己先前失去的两个孩子，赵有财也悲从中来："老哥，咱两个真的是同病相怜的兄弟啊，再干一杯。"

房内的阿兰，听到外间越来越大的声音，担心两个男人酒喝多了会闹事，立即从里屋走了出来，柔声说道："我替你们去盛点饭吧。"

外乡人看着煤油灯光中的阿兰，突然说道："英子如果还在，应该和你差不多年纪。"

阿兰被这突如其来的假设吓了一大跳，怔怔地看着外乡人，赵有财也满脸狐疑地看向那人，怎么一下子和自己的老婆搭上关系了呢？会不会他们早认识了？难道一切都是计谋？想到这里，赵有财一下子火了起来，一把抓住外乡人衣领，朝着他大声吼道："你啥意思？你们是不是早认识，今天串通好了来诓我？"

阿兰带着哭腔上来拉开赵有财的手："你喝多了，快放手，人家是大宝的救命恩人。"

那人也被赵有财的气势吓醒了："兄弟，我喝多眼花了，告辞。"

赵有财的偏执劲又上头了，抓住那人衣领不放："你今天不讲清楚不许走出这扇门。"

阿兰眼看好好的一场谢恩酒席被自己的男人搅得鸡飞狗跳，内心一再的绝望已经使她的心支离破碎。眼泪早已流不出来，她再也不顾这两个吃得快打起来的男人，默默退回到了房内，将已经被吵醒的小宝紧紧抱在了怀里。

四十七

大宝举着鸡腿一路小跑到了亲婆那里，看见风妹正坐在堂屋的小矮凳上哭，大宝忙在鸡腿上撕下一小块鸡肉塞到妹妹嘴里。风妹和着眼泪和鼻涕把鸡肉吃了下去，盯着哥哥手里的鸡腿还想吃，大宝又掰了一大块给了妹妹："亲婆呢？"

"她在房里。"风妹用脏兮兮的小手指了指内屋。

大宝转身推开虚掩的房门往里一瞧，昏暗的房间里似乎有两个人，正坐在床边悄悄说话，他定睛仔细一看，一个是婆哇，另一个不是新年里回来过的婶婶吗？她怎么也在这里呢？大宝很好奇地推开了房门，傻愣愣站在那里。

赵老太回过头看见了大孙子，忙用展裙角擦了擦眼睛站起身来："孙子孙女都来了，我要烧夜饭了。美云，你也跟我们一起吃吧。"

"不了，我回娘家宅子上去。"姜美云走出房门时特地摸了摸大宝的头，笑着说，"大宝又长高了啊。"

大宝仔细一看，婶婶的眼睛红红的，似乎刚刚哭过。

此刻的姜家宅上笼罩着愁云惨雾，姜家老两口对大女儿带着两个孩子意外回来有种不好的预感。孙万年语气十分着急，问姜美云："咱家有亮还好吧？"这句话他自己都问得没底气。

"爸，姆妈，有亮犯了点小错，正在停职检查。"姜美云哭了起来。孙万年面色煞白蹲坐在门槛上，再也说不出话来，姜老太则如五雷轰顶般一下瘫在椅子上："有亮到底犯了啥事？咋就停职检查了呢？”

姜美云怕老两口急火攻心，还没把赵有亮已经被下放到农场的事说出来。

其实事情在年头已经初露端倪，首先村里去干活的乡亲已经被驱赶了回来，赵有亮年前就已经被免去了所有职务，正在停职检查，姜美云所在的学校已经勒令她停课写材料。

赵有亮每一次出门上班，姜美云都如同生离死别，这样的担惊受怕，在四月份的一天尘埃落定。那天两人正要一前一后出门上班，赵有亮被等候在门外的几个人直接带走了：“美云，你放心我会回来的。”赵有亮话音未落就被人一拳重击头部，晕了过去。姜美云见此情景又惊又怕，忙关起家门，将两个呆若木鸡的儿子搂在怀里。俩娃如何见过此等阵势，刚才吓得忘记了哭，现在被妈妈一搂，突然有了依靠神志清醒了，立即放声大哭：“爸爸去哪了？我要爸爸。”娘儿仨抱头痛哭。

“我看着爸爸被抓走了。”小儿子赵姜涛对着外公说，“可爸爸说他会回来的。”

姜美云搂住小儿子：“爸爸过阵子是会回来的，姜涛乖，这几天和哥哥待在外婆家里，等妈妈和爸爸把事情处理好了就来接你们回南京。这段时间正好叫小姨教教你们读书写字。”

姜美玉勉强笑了下，满怀心事地带着两个小外甥回自己的房间休息去了，留下姐姐还在堂屋和父母小声说着话。

四十八

二十世纪六十年代中后期的某一天，姜美云回乡待了几天后独自返回了南京，将两个孩子留在了自己父母身边。她对于这一切突如其来的变故，以及无可预知的未来感到了渗入骨髓的害怕。她每时每刻都在提心吊胆地等待着赵有亮的消息，又担心孩子在这种环境下会受到难以预料的伤害，再三思考，还是觉得把他们寄放在农村相对安全。而她呢，则继续在家里等着有关赵有亮的消息。

也就在那个时候，我老家的形势也陡然严峻起来。

有一天一大早我爷爷被通知去乡里开会，近中午才回到家里，一回来几个老邻居便来串门打听消息。我爷爷吸着烟久久没吭声，红红的烟屁股快要烧到手指才说道："这几天上面要派工作组来驻扎在我们村，我们村的重点又是我们生产队。上级指示，必须要在当地抓出一个坏分子才行。"

众人面面相觑，都是土生土长的乡里乡亲，哪里会有坏分子？

"上级领导把指标下达到我们这里是英明的。"沉默了好久，坐在角落里的张姓社员突然显得恍然大悟，"大家仔细想想啊，我们队里不是有一个现成的汉奸小老婆、国民党特务的姘头吗？说不定还是国民党安插在这里的女特务呢。"他越说越兴奋，小小的眼睛发出贼亮贼亮的光芒。

"咳。"我爷爷狠狠咳了一声，"我警告你不要动歪脑筋，我知道你说的是谁。她不过是被汉奸恶霸霸占的良家妇女，苦命人，好不容易盼来了新社会活成了人样，你还想把人家往火坑里推，摸摸自己胸口还有没有良心？你要是乱咬一口，小心我先打断你的狗腿。”

我爷爷猛拍了一下桌子，差一点将上面的一只汤碗掀翻。整屋子的人吓得不敢言语，那人讪讪低语：“我也就是瞎说说。”

“瞎说也不允许！我们绝不能干诬陷同胞伤天害理之事。回去都给我耳朵根扯扯紧，我们队里没有坏分子，谁要给我整出点幺蛾子，看我不扒了他的皮。”

“就是嘛，阿兰这个苦命的女人，没过过几天好日子，现在又要三天两头挨她男人的拳头，唉，真是作孽呀。”

“检举阿兰真的不作兴，我看你是想替你那堂份里的伯伯张三郎报仇吧？”众人开始七嘴八舌。

那人被点到要害，跳了起来：“你们不要乱扣帽子！”说着骂骂咧咧地走出了我家老宅。

四十九

暮春初夏，正是这片江海平原上的人们忙于播种麦子、棉花的时节，整条的地皮上，绿油油的麦苗正在破土而出，这个时候还得有几次刨地盖土的活计，为刚刚破土而出的麦苗再盖薄薄的一层土，令其保暖生根。种植棉花呢，相对比较麻烦，先要在一块盖着塑料薄膜的育苗基地培育棉花小苗，长到三四寸高的时候，再用取苗器，将小苗一棵棵挖出，移植到地里。这个时候是农村里最忙的季节，在生产队长的带领下，社员们起早贪黑忙碌在田里。每一户人家一年分得的口粮够不够吃？一年的收入够不够花？都指望着地里的作物。几年前的大炼钢铁、大办集体食堂已经将最基层的生产队协作形式完全打散，劳动力再生产和物质资料再生产的稳定性遭到破坏，甚至发生过饿死人的事件。

依靠土地生存的农民对春耕秋收有着虔诚的信仰，他们朴素的思想理念中根深蒂固地觉得，要想吃饱穿暖还是得靠这片沙土地的恩赐，一分耕耘一分收获。

“哔！哔！哔！”一阵刺耳的哨子声响彻了田野，大队部会计来到了地头：“紧急通知：今天中午 12∶30，在大队部广场召开群众大会，所有人都必须参加，接受教育。”

对于这种所谓紧急会议早已见怪不怪的村民们，纷纷猜测这次在台上的会是谁。应该不会一直是那几个地主富农老面孔，准有新面孔出现，就是不知道是谁。

自从那天赵有财请外乡人到自己家吃饭不欢而散以后，阿兰对自己的男人已完全绝望。多疑、蛮横、无理取闹已经成了他的常态，如果只在家窝里横，自己好歹忍受着，家丑不外扬，现在丢人现眼到别人面上，那人还是自己儿子的救命恩人，这日子还怎么熬下去？阿兰最绝望的时候甚至想到一死了之。但如果自己真死了，留下三个没娘娃太惨了，况且小宝才刚刚三岁啊，思前想后，觉得自己活不好又死不了。

“逃出去！”这个念头又在她脑海里跳了出来，可自己从小被骗到烟花巷，老家在哪、父母是谁都不知道，能逃到哪里去呢？况且在目前形势非常严峻的情况下，无论逃到哪里都会被当作坏分子抓起来。

是不是我前世作了什么孽，今生要受这样的罪！阿兰心里的苦、眼中的泪只能默默往下咽。

中午，阿兰从柴灶后面转出去洗手准备吃饭的时候，赵有财已经在桌子旁呼啦呼啦喝着麦粥，嚼着咸菜，阿兰拿了一个空碗准备去锅里盛自己的份，赵有财说了句“你的粥盛好了”。阿兰有点奇怪，平时他根本不顾他们娘儿几个，到点吃饭自己摸了饭碗该吃吃该喝喝，吃完碗一推出门，今天怎么会主动替她盛饭呢？连筷子也整整齐齐替她摆在了粥碗旁边。

难道他对那天的事情有悔意了？依照他一根筋的脑子好像没那么容易认错，还是做了啥昧良心的事？阿兰边吃边寻思。脸上还是毫无表情。一个被现实蹂躏得没了生趣的女人，对于难得的温情之举，丝毫不会感受到暖意，有的只是防范之心。

“小宝昨夜里咳嗽，我替你和队长说一声，批斗大会你不要去了。”赵有财用平时极少见的心平气和语气对阿兰说道。阿兰没回答，站起身来，将桌上吃完的饭碗拿到灶边清洗。整理完后，准备打开房门去看小宝有没有睡醒。

五十

由于长期的营养不良，三岁的小宝看起来又瘦又小，就像一个刚满周岁的小娃娃，抵抗力也特别差，三天两头伤风咳嗽，前一天半夜又发烧了，小脸通红，浑身发烫，夫妻俩轮流抱着，好不容易挨到天蒙蒙亮，立即带着他去了大队卫生所，拍着门把赤脚医生叫醒，打了退烧针配了点药，折腾到八点左右才回去，两个大人疲惫不堪，可白天还得下地干活，退了烧的小宝倒是很安静地睡了过去。

等阿兰收拾完堂屋里的杂活，轻轻推开房门，床上的小宝还没醒。她便又轻手轻脚带上房门退了出去。

阿兰拿了装着针线活的小藤盘坐在了家门口的太阳底下，纳起了鞋底，一家老小五口人的鞋子，活计都得出在自己手上。那时的农村妇女，除了平时生产队的集体劳动，还得见缝插针打理全家老小的鞋袜衣裤，哪家人出门穿得紧紧拢拢、体体面面，说明这家的女主人勤劳能干，是大家看齐的标杆，相反，谁家大人小孩穿得不修边幅、邋里邋遢，背后会被所有人诟病，这家的女人也会被标记为“烂污娘子”，连带小孩都会被欺负。

阿兰自知，自家不堪的过往根本经不起更多的歧视，所以，哪怕家庭条件不好，还是尽可能把大人小孩的穿着收拾得清清爽爽，衣裤破旧，补丁也归置得服服帖帖。

这不，大宝正是野得泼天泼地的年纪，新鞋子上脚不到一个月就露脚趾、穿鞋底，补丁叠补丁修过三次就彻底不能穿，得再做新的。阿兰用两个手指掰了一下，量了量鞋底，心里已经计算好这次的鞋底要比原来的长一个手指肚，指望大宝能多穿一阵。

中饭时间已过，埭路上人陆陆续续多了起来，有人空着双手，也有人肩上扛着长条板凳，大家都朝着大队部广场走去。

几个平时与阿兰走得比较近的女人冲着阿兰招手：“快走啦，一起去看看。”阿兰摆了摆手：“小宝发热呢，我不去了。”

“那你错过了，听说西河头那个外地人也被抓起来了呢。”

阿兰听了大吃一惊，手一抖，针扎到了手指上，顾不得疼痛，她急急忙忙收拾起小藤盘折进了屋子，看看小宝还在酣睡，便带了门跟着人群涌向了大队部。

阿兰焦急地扒开前面的人群，想再往前挤挤，便于看清这高台上一张张惨白沮丧的脸，看了七八个人都不是，正要松一口气，刺耳的喇叭声又在耳边响起：把特务罗致远带上审判台！三个民兵把一个捆得像粽子般的人推上了审判台，其中一人又狠狠地抓起他的一把头发，一张面无人色的脸展现在大伙面前。阿兰一看不由倒吸一口凉气：这不就是大宝的救命恩人吗？

五十一

“真看不出来啊，这个外地人居然是特务，隐藏得够深。”

“我记得他住在西河头已经好几年了，也不知道他来自哪里。原来以为是逃荒逃来的，想不到是个特务。该抓！”

“平时看着挺好的一个人，还蛮热心的，前段时间还救过一个落水男孩，人不可貌相啊。”

阿兰耳边充斥着各种声音，觉得自己的脑袋涨得发疼。于是，赶紧挤出人群来到一个透风的地方，大口呼吸了几下，稍稍镇定了一点，想起那天请外乡人吃饭的事情，喝高了的两人聊了好多话，隐约听见那人压低声音说自己参加过国军，想到这里，阿兰心里打了一个激灵：难道是自家男人把他给卖了？又联想起今天赵有财的种种反常，阿兰得出了一个可怕的结论：那个外乡人——大宝的救命恩人，肯定被自己男人给出卖了！但是，他为什么要出卖这个于自家有恩，且与任何人都没啥利益冲突的人？她又找不出证据来证明自己的猜测。

阿兰满怀心事走到了家门口，在屋外就听到了小宝的哭声。急忙拿出钥匙打开了门，只见小宝穿着单衣坐在床上大哭，阿兰赶紧过去抱起孩子，边哄边替他穿好衣服带出房间，准备给儿子做点吃的。这个时候只见赵有财也回到了家里，想起自己的猜测，阿兰不由心生厌恶，只当没看见这人，抱起孩子快步走过他身边。

赵有财阴沉着脸，坐在靠近门口的小凳子上不停吸着烟，一副心事重重的样子。两管烟的工夫，见他又站了起来，一跺脚走了出去。

大宝和风妹在同一个学校，一个上初中一个上小学，那时的学校基本都是上半天放半天，有时甚至放两三天上半天，孩子们都处于放养状态。大一点的被家长揪着参加集体劳动挣工分，小一点的派出去挑羊草、捞猪草，那时的猪羊鸡鸭都是杂草喂养，所以田间地头很难得见到成片的草丛，除非去坡度很大的沟边或人迹罕至的坟场，半天才有可能挑得满一篮子回去交差。在坟地里挑草，有时挑着就会扒拉出几根死人骨头，胆大的孩子会淡定地把骨头捡起扔进骨什坛里，还有些顽皮孩子把捡到的骷髅踢着玩。

一天中午，大的两个孩子放学回家，大宝在吃饭时候说起下午学校不上课，要开大会。阿兰随口一问："要批斗谁呢？"

大宝嘴里塞满了饭菜，含含糊糊地说："宋校长，说他是臭老九。"

阿兰头脑中立即想起了那位头发花白，和蔼可亲的老人。立即严厉地对大宝说："你可不允许乱喊口号，更不允许朝他乱扔东西。这么好的老校长怎么也被揪起来斗了？周围多少人都是他的学生，这些人的良心真都被狗吃了！”说着瞟了一眼一声不吭的赵有财。

“啪！”赵有财将手中筷子往台子上一拍，瞪起眼睛看着阿兰，“头发长见识短，你现在不斗人家，隔天人家就会来斗你。”

“这么说，外地人被抓就是你作的孽？”阿兰难得声音也高了起来，一副忍无可忍的样子。

“我错了吗？啊？那天被押上台的不是他就是你！”说完头也不回地走出了家门。阿兰一下跌坐在凳子上，瞪着眼，喘着气，久久说不出话来。把大的两个孩子吓得一动不动。旁边的小宝“哇”的一声大哭起来。

据后来坊间零零碎碎的传言，说是原本张三郎的侄子想去工作组揭发阿兰的，正好被赵有财得到了消息，急忙半路截和，作为交换，他将外乡人的信息透露给了姓张的。才有了外乡人被抓，阿兰暂时平安无事的结局。但是，这件事成了赵有财一辈子被阿兰诟病的话柄。毕竟恩将仇报突破了做人的底线，这样的污点将会被人蔑视和防范一辈子，甚至殃及小辈。

五十二

“三朝迷雾刮西风”，农村俚语并非空穴来风，连着几天的大雾，西北风也如期而至，天气陡然冷了起来。冬天来了。

姜美云将两个孩子寄放父母家已经好多时日，既没有南京那边的消息，也不见有人来接，老两口明里不说心里急得要死。其实，那时候外面的形势已经非常严峻，只是身在农村的孙万年夫妇及周遭的乡里乡亲无法知晓外面的世界罢了。

驻扎在村里的工作组第一个回合就打了个漂亮的开场仗，抓了一个潜伏的特务。工作组准备乘胜追击，在各个队里继续摸查漏网之鱼。

组长是个年轻人，是公社书记的儿子，姓李名胜利，刚从部队转业回来，就在公社革委会主任——他老爹的支持鼓励下，立即投身到了农村，准备从最基层的工作干起。

“李胜利同志，希望你在下派工作的阶段里交出令我满意的答卷。”老李主任抚着儿子的肩膀，满怀殷切希望，使劲摇了摇。

“爸，你放心，我不会让你失望的”。年轻的工作组长临出发前，向老爸行了个标准军礼。

不知不觉已经下基层快一个月了，李胜利在大队部临时办公室抽着烟，脑子里盘算着下一步的工作部署。

他想起半个月前举行的那次全大队宣判大会，本想乘胜追击，一举拿下被举报的所有人，可就在第二天，他就被一纸通知，叫去省革委会举办的特别时期学习班观摩学习和交流经验，整整一个礼拜后才又回到老家。看到外县热火朝天的革命形势，李胜利被激发起了更加强烈的使命感，决心要在这片不太古老的土地上，再一次掀起斗争新高潮。

李胜利随手翻起办公桌上的一堆文件，一张巴掌大的小纸片掉了出来，上面歪歪扭扭写了几个字：“我要检举一个特务。”

他立即想起了刚来时的情形。

大概是第三天的傍晚，工作组刚吃完晚饭，李胜利看见大队部门口有一个鬼鬼祟祟的人影，不停时东时西地徘徊，便厉声喝道：“谁？”

那人影慌慌张张小跑过来，四下张望确定没人后，从口袋里飞快掏出了一张纸条塞进李胜利手里，李胜利低头一看，大喜过望，立即将那人引到办公室的偏僻处，仔细打量此人，见其长得獐头鼠目、心怀不轨的样子，非常符合电影里那种出卖同伴的叛徒形象，李胜利把不屑使劲压在了心底：说不定此人手里还真有有价值的线索呢。

他表现出一副非常严肃认真的样子，“说吧，你检举的特务是谁？住哪里？做了什么坏事？”

“呃，报告组长，我有一个小小的要求。”那人谄笑着低声说，“能不能不要公开我的名字？我怕被报复。”

“我们不会冤枉一个好人，也不会放过一个坏人，你说吧。”李胜利有点不耐烦，故意答非所问。

那人看着一脸不耐烦的工作组长，再不敢废话，把赵有财告诉他的话全部汇报给了李胜利。

这真是个天大的惊喜，李胜利心里暗想，解放这么多年了，居然还有特务潜伏在这里，能钓到这么大的鱼，报上去绝对是大功一件。脸上不由露出了一丝笑意：“你觉悟很高，我们将给你记上一功。你还有什么有价值的线索吗？”

“呃……这个……没有了。”

看他吞吞吐吐的样子，李胜利觉得此人肯定还有东西遮遮掩掩地不肯吐口。立即用力一拍桌子，横眉怒目：“知情不报，刚才的功劳全部抵消，我们还要调查你的家族历史。”

想起自家伯父的黑历史，又看着李胜利一副追查到底的样子，那个告密者心生害怕，牙一咬心一横，又把阿兰的来龙去脉全部抖搂了出来。

五十三

阿兰的事在当年也算轰动一时。现在，二十多年过去了，了解此事的老一辈人陆续离开了这个世界，知道来龙去脉的人已经少之又少。时光如沙漏般，逐渐将往事一点点覆盖，直至不留一点痕迹。

二十多年，说长不长说短不短，人们最易忘记的是几十年如一日的鸡毛蒜皮酱醋茶，但引起轰动效应的事件，群体记忆还是不会轻易抹去。

可善良如我爷爷辈的那些老人，根本不会去揭别人那些苦痛丑陋的伤疤，而是将他们当作自家兄弟姐妹般，为其遮盖掩饰。总不能让春笋般冒起来的下一代，继续背负上一辈的包袱，低三下四做人。这是这片土地上的居民最淳朴的思想。如此家人般的宽容包涵，便成了那些哪怕离家再远、再久的游子，植根于内心最深处最值得留恋的老家味道，永远不会忘怀。

但这是个特殊的时期，按理还是上一辈之间遗留下的芥蒂，却正好落在了别有用心者手里，于是事情便变得糟糕起来。

“汉奸小老婆？国民党军官姘头？舅妈与外甥？”李胜利有点怀疑自己的耳朵，这么劲爆的身份居然全部被安在一个农村妇女身上？“我可警告你，你若有半点瞎说，可绝对没有好果子吃。”

“组长，我说的句句属实，若有半点谎言，我愿意接受工作组调查。嘿嘿，我倒又想起一户人家来。”告密者又抖起机灵来，

“我们生产队就是有这么一户人家，男人是上海资本家家庭，女人是地主家庭，却装成是中农家庭。大概就是因为他家有个好女婿——赵有亮吧。”

李胜利见那人嘴里源源不断冒出一个又一个的新线索，估摸着他还是蛮有利用价值。于是，表示出极大的兴趣，示意他继续讲下去，并找出一个搪瓷杯，倒了一杯热水：“润润嗓子，慢慢说。”

“你是说有人仗着女婿的身份装成中农家庭？”

“是的，当时那女人抬出女婿名头，撒泼打滚样样来，加上和我们现在的队长朱家伯一直来往密切，所以就让他们蒙混过去了。”

“真是岂有此理！”李胜利气得眉毛拧紧，又是一拳砸在了办公桌上。“你们生产队真是庙小和尚多，居然有这么严重的问题，这几天我倒是要亲自去会会这些人。”

“对了，你叫什么名字？我现在立即任命你为你们生产队的宣传员。”

“谢谢组长，我叫张兵。”李胜利的一顿夸奖，不由让张兵热血沸腾，甚至一下觉得自己伟岸起来，同时心里暗自打着小算盘，“那些平时编派我的，嘲笑我的，到时看我怎么收拾你们。”

“张兵同志。”李胜利热情地拍了拍他的肩膀。

那人吓了一跳，从没被人称呼过“同志”，这样的称谓让他觉得既陌生又自豪，仿佛刹那间自己就和工作组的人站在了同一阵营里。他觉得一个崭新的明天已经向他发出了热忱的邀请。

“这几天工作组要去你们生产队召开动员大会，你要提前做好各项准备工作。”

“是。”他想学一个电影里解放军敬礼的动作，但画虎不成反类犬。李胜利没眼看这么丑的军礼，挥挥手：“你快回去准备吧。”

“组长你看。”张兵搓着手有点难为情地笑着，“我现在也算同一阵营里的同志了吧？组长同志，你能不能送我一个军帽？让我时刻坚定与坏人斗争到底的决心？”

稍有一点熟悉，张兵便开始发挥自己油嘴滑舌的特长。

李胜利听着也觉得在理，便脱下自己头上的那顶军帽，扣在了张兵头上：“好好干，别辜负这伟大的时代。”

五十四

张兵在家等了几天也没见工作组的人来和他会合，他隐隐有些担心：是不是自己揭发的那些事情已经传到了当事人的耳朵里？然后他们各显神通翻盘了？可也没见有谁上门来理论，尤其那个泼辣蛮横的姜老太，如果得知被自己揭发，肯定会在整个埭上来回骂，可居然也没动静，赵有财家和我爷爷家也平静如常，各自遵循着日出而作日落而息的规律。

心里有鬼的人最感到折磨的，就是本该惊天动地的时候，却显示出不该有的宁静。三天后，再也沉不住气的张兵，借故去了大队部，也就是工作组驻扎地，想去探探消息。

“站住！你是谁？居然在我们这里探头探脑。”一个身穿军装戴着军帽的小伙子喝住了想朝办公室走去的张兵，他大概也看出了此人鬼鬼祟祟的样子，一下提高了警惕。

“我找李组长，我是他刚任命的我们生产队宣传员。”张兵挺了挺自己有点驼的背。

那年轻人轻蔑地扫了他一眼："李组长开会去了。"

"哦，大概几天回来呢？"张兵小心翼翼问道。

"这是你该问的吗？打听我们组长行踪，你居心何在？"年轻人眼睛一瞪，凶神恶煞般呵斥道。把张兵吓得连连后退，快速溜走了。

李胜利回到工作组驻地已是四天后的事情了。

此刻，他将快要烫到手指的烟屁股扔在了地上，用劲踩了几下，又喝了口热茶，收回了思绪，重新把小纸片夹好，召集全体组员开了个简单会议："首先传达上级重要指示，其次通报兄弟县市取得的重大成果，最后部署工作组下一步的主要任务。"他清了清嗓子，神色严峻地宣布，"前几天我接到群众提供的情报，隔壁生产队发现重大线索。我们开完会立即去那里召开动员大会。"

除了有五个成员几天前去蹲点别的生产队，李胜利带着剩下的七人全部来到了我爷爷所在的生产队社场。清一色穿着军装的几个小伙子，忙着在社场竖旗帜，架喇叭，试音效，一会儿，铿锵有力的革命歌曲从喇叭里飘了出来，家住近旁的社员都已围了过来。

"第八生产队的全体革命群众注意了：请你们听到喇叭声，立即到社场集中，有重要会议精神传达。"

在家如坐针毡了几天的张兵，听到喇叭声仿佛听到了战场上的冲锋军号，急匆匆把自己打理一番，戴上军帽，别好像章，冲出了家门。

社场上除了几家住得比较远的还在路上，大部分社员都已到位，我爷爷也赶了过去，边走心里还在纳闷：咋没接到任何通知，突然就有那么大声势的会议到队里来召开？莫非真有人去工作组举报了？哪个狗日的敢做这等下作事，看我不收拾他。我爷爷心里发狠。

简易主席台上摆了三个位置，李胜利坐在了中间，旁边两个位置空着。张兵在台上台下忙着张罗。我爷爷一瞧：嘿，这小子蹦跶得那么欢，再瞧他还人模狗样戴了一顶军帽，指定没干啥好事。基本可以确定，工作组就是他引来的。

五十五

半年以后，人们谈起唯一那次在我们老家生产队召开的批斗大会，仍会津津乐道：李胜利那小子肯定魂当时就被勾走了，否则不会开了一半就匆匆收场，便宜了张兵捡了个小队长当当。

“也算赵有财夫妻倒霉，阿兰第一个被点名批斗，当场被剃了阴阳头挂破鞋游街，赵有财还被打断胳膊，两个小倌哭得可怜。”

“赵有财也是没眼风，他能拦得住那么几个精壮小伙子？不是鸡蛋往石头上碰吗？”

“那你的意思自家娘子被抓起来，就眼睁睁看着？活该你娶不到老婆。”这样的反驳把说风凉话的人噎得说不出话来，恨恨地翻了个白眼。

“朱家伯被罢免了生产队长，还被罚夜里到地头巡视，那么有威望的一个老队长，真是没想到，唉！”

“就是嘛，他不就是护着点自己生产队的社员吗？就说他没思想觉悟，阻挡滚滚向前的历史车轮，可我就觉得他是个好人、善人，不像现在那个靠揭发别人上台的新队长，阴阳怪气，两面三刀，你们服不服？我就不服！”

“说这种话小心被抓起来！人家现在不但是生产队长，还是宣传员，有工作组做靠山。”

大家对那天的情形记得非常清楚，张兵刚宣布进入会议第三个议程的时候，李胜利眼睛往台下一瞟，刹那间，浑身如过了一阵电流，他看见了一个曾经令他魂牵梦萦的身影：高挑挺拔，留着齐肩发辫，举手投足之间尽显优雅大方。他的脑海里立即浮现出一张遥远而模糊的笑脸：清秀、纯净而美丽，那是当年的校花，多少男同学的梦中情人——姜美玉，暗恋者的名单里也包括李胜利，但那时她与校长的儿子已相互暗生情愫，而李胜利的老爸当时还是个公社里的小小办事员，自己根本竞争不过人家。要不是自己的父亲把握住了准确的方向，站在了时代潮流的浪尖，顷刻权倾一方，也许自己只能永远远远望着这位美丽的姑娘。

开大会的那天下午，正好学校放学，姜美玉在回家的路上，看见小队社场上红旗招展，喇叭喧闹，本队及旁边几个队的社员都聚集于此，感觉有点奇怪，顺便也想找找自己父母是否也在人群中，便挤了进来，看见父母正一脸严肃地坐在靠后的位置上，两个外甥则在旁边钻来钻去，她搂住两个小男孩，贴近孙万年耳边说了几句话，就把两个孩子领了回去。这一幕正好被李胜利看见，张兵顺着李胜利的视线也看见了姜美玉一家，顺势凑在李胜利耳边低语：“这就是孙万年夫妻，还有那个是他们的小女儿，叫姜美玉，在旁边的小学教书。那两个小孩就是赵有亮的儿子。”

李胜利一把推开张兵，阴沉着脸说：今天会议就此结束，你负责收拾场地。对了，本队小队长从现在起就是你了。

张兵一脸蒙圈地站在那里，但他胜在脑子活络，马上在话筒里宣布：今天会议胜利结束，让我们以热烈的掌声欢迎李组长下次再莅临本队指导工作。

在稀稀拉拉的掌声里，李胜利一行离开了会场。

阿兰被强行拉去游街后，暂时被关在了大队部的一个简易滞留室内，被几个民兵狠狠推进去的时候，她踉踉跄跄跌倒在了高低不平的泥地上，忍不住惨叫一声，民兵扶着即将要被关上的门，十分轻蔑地呵斥道：“你还当是以前呢？给我老老实实待在里面，想想清楚交代问题。”接着，门“砰”的一声被关上了。适应了昏暗的环境后，阿兰突然发现，在被简易铁栏隔开的另一边，有一个蓬头垢面、看不清本来面目的人正无声望着她，她凑近一看：这不是大宝的救命恩人吗？

“你……怎么也进来了？”过了许久，那人才低声问道。

“好人啊，我们对不住你啊。”阿兰紧紧抓住那人握在铁栏上的手，“我家那个杀千刀的恩将仇报，一定是他害了你。”

那人松开阿兰的手，淡淡地说：“大妹子，你别自责，到今天这地步我不怨任何人，唯一的遗憾就是几十年了，我还是没找到我要找的人。”

五十六

两天后，下了一场特别大的雪。从傍晚时分开始星星点点，到后来纷纷扬扬，最后是密密匝匝的鹅毛大雪，霎时将各家自留地上的果树、田间稀稀拉拉的农作物，都披上了银装，过了一个晚上后，第二天门一打开，堵在门口的雪有一尺多厚，几乎没过大人的小腿。

在这样一个没有玩具，也没有电器的时代，大雪天最无聊的当然是滞留在家的孩子们。以前常听奶奶说：你小伯小时候很顽皮，明明看见小姐姐安安静静坐在小矮凳上，他悄悄过去，用粘了蜘蛛丝的芦苇，粘小姐姐的头发，惹她哇哇大哭，然后自己得意地跑掉。

那时候的农村，一般人家都有好几个孩子，父母都起早贪黑忙于农活，家里带娃模式一般都是大的带小的，如果年龄差距大，那大的又是比较有头脑，会好好照顾自己的弟弟妹妹，如果年龄挨一起，那家里基本天天都在上演战争片，夹杂各种抢夺、争斗、告状。但这一批的孩子长大后，兄弟姊妹之间的感情又特别好。

终于，雪过天晴，明晃晃的太阳高挂在了天空，可它没了夏日的鲜艳、火热，现在的它仿佛是个蜡制的假货，苍白无力、奄奄一息地挂在天上滥竽充数，让人感觉不到一丝暖意。

这个时候埭路上走来了一个人，披着军大衣，戴着雷锋帽，手里还拎着两包草纸包裹的茶食，深一脚浅一脚地走在雪地里，脚下的雪被踩得“吱吱”作响。

“这不是工作组的李组长吗？他这是要去谁家？”有眼尖的人发现了这一不寻常的情况，不由发出疑问，“看他手上拎的东西，倒是不像要寻谁家的事，难道是走亲戚？”

“哎，近边好像没人家和他是亲戚？”

“去张兵家谈工作？”

“哈哈，他去张兵家拎东西去？别开玩笑了，倒过来还差不多。”

几双眼睛紧盯着李胜利的身影，眼见他走进了孙万年的宅子，又看着他在门口跺了跺脚上的雪，直至进了孙家大门。大家不由面面相觑：这是演的哪一出？

而正在家里纺着纱的姜老太和编着箬帚的孙万年，也被眼前这一位不速之客惊呆了。不约而同停下手上的活，站起身来将其迎进了家门。

“李组长，快请坐，我去倒碗热水。”孙万年连忙去找热水壶。

“伯父、伯母别忙了，我是姜美玉的高中同学。今天特来拜访。美玉上课去了？”

“啊，李组长是美玉同学啊，她早上去了学校，中午应该回来的。要不李组长你等会儿，中午就在这里吃个便饭吧。”姜老太客气道。

“我还有工作在身，吃饭就不了，等美玉回来跟她说一声就可以了。”

李胜利放下手里的茶食，离开了孙万年家。此刻他的心情是非常愉快的，从跨进她家大门起，他观察她家里的陈设，试探其父母的口风，已经判断出姜美玉仍未嫁做人妇，那么自己的机会还是很大的。想着少年时代的美梦即将实现，李胜利不由咧嘴一笑，自己的父亲多英明，替自己取了个这么好的名字：胜利。这不预示着凡事逢艰必克、胜利在握吗？

李胜利边走边想着美事，冷不丁背后被重重一击。

“谁？”出于当兵人的本能，他迅速转身，眼见一个人影快速消失在白茫茫的田野里，他低头一看，对方扔过来的一大团雪撞击了他背部又摔落在地上，已经支离破碎，但雪的颜色跟埭路上的不同，里面夹杂着泥土和枯草，似乎对方并非临时起意的玩笑，而是从他一走进这条道的时候就候着他了，再从雪团的紧密度和扔过来的力度，李胜利隐隐约约嗅出了“仇恨”的味道。他愤怒了：这里的坏分子还真不少，不能只看到几个浮在表面的坏人，看来还得深挖。李胜利目光凌厉地扫过一圈，发现只有几条狗在冲着他狂叫，周围空无一人，连路边的几户人家都已关门闭户，只得悻悻走了。

五十七

在接下来的一段时间里，下课回家的姜美玉总是会很凑巧地在路上碰到骑着自行车的李胜利，要么从同一个方向的背后驶来，他会很热情地邀请姜美玉搭他的便车，但总被姜美玉婉言拒绝，要么正好迎面遇到，他会很客气地停车询问姜美玉一些无关紧要的问题，诸如下午有课哇？哪天会放假？啥时候来工作组玩？姜美玉对其实在没啥好印象，每次都敷衍几句后快速走开。

如此一番情形被一人尽收眼底，脑子活络体现在各种察言观色中，张兵从那次会议李胜利的匆忙离场，到现在的有事无事的转悠，敏锐地嗅到了一种不同寻常的味道，经一番打听，果然李组长至今还是光棍一条，而姜家小女儿也不知为何，二十好几也还是待字闺中。

这不是天降姻缘吗？而我不就是一个现成媒人？这一桩好事一旦促成，那我以后还不是要风得风要雨得雨？张兵一想到这些，心里比李胜利还急，准备找准时机，乘跟组长汇报工作的机会，适当提醒他不能只忙于革命工作，也得考虑一下自己的终身大事，如果组长信得过的话，他愿意鞍前马后效力。

这样的假设在他头脑里已经排练了几十次，最后他仿佛看见了一对新人喜气洋洋地拜天地入洞房，对他这个媒人千恩万谢，连一贯蛮横跋扈的姜老太，见了他也是笑逐颜开。每每想到这里，张兵心里就开始跃跃欲试。

而这个时候，最难过的便是赵有财一家。阿兰被游街后关进了大队部禁闭室，至今未被放出，等待她的结果是什么还不得而知。赵有财当天因阻挠抓捕阿兰，被民兵打断了手臂，本来被安上“死不改悔”“抗拒从严”的帽子，要跟阿兰一起游街，但两个小的哭得撕心裂肺，旁边的群众实在看不下去，都在大声喊叫：“留一个大人。”张兵查看李胜利的脸色，见其面无表情，示意民兵将赵有财带走。

我爷爷站了出来，大声喊道：“我说工作组的同志，我们都是革命阵营里的战友，今天我以一个老党员的身份保证，阿兰是从小被拐骗到火坑里的苦命人，迫不得已跟了汉奸黄福来，她本身没做过任何对不起周边邻里的坏事，当年又是为了不出卖参加了新四军的赵有亮，被国民党抓进了监狱，你们今天把一个苦命女人折腾成这样，还要将这个家庭的另一个大人抓走，还让不让这几个娃娃活了？”我爷爷的一番话引得社场上的群众一片呼声：“放了赵有财！”

张兵立即凑到李胜利耳边：“他就是朱家伯。”

但见主席台上的李胜利铁青着脸，大声吼道："是可忍孰不可忍！我们接到群众反映，你身为小队长，还是共产党员，居然包庇汉奸老婆、国民党特务的姘头！你的党性何在？觉悟何在？我宣布：从今天起撤销你的生产队长职务！"

也许心里有鬼，也许对我爷爷这位老资格的老党员、老队长还是有所敬畏，张兵急忙示意李胜利进入第三个议程，而恰巧此刻，姜美玉进入了李胜利的视野，于是出现了戏剧性的场面。会议戛然而止。

当然，赵有财也就没被抓走，工作组一离开，大家连忙围过来，七手八脚给疼得龇牙咧嘴的赵有财做了简易包扎，送到了家里，两个小的被送到了赵老太那里。至于阿兰只能另想办法了。

就在那天，大宝目睹了一切，看到娘被强行抓起，按住头被剃了阴阳头，后又被挂了破鞋游街，后面跟着一大群大人、小孩，边看热闹，边朝阿兰身上扔东西。大宝感到了一种剜心挖肺的痛苦和血脉偾张的愤怒，他紧紧咬着嘴唇，血从嘴角流下都没感觉到。紧握的拳头一拳一拳砸在墙面上，直至鲜血淋漓，手背模糊一片。也就是从那天起，他再也没出现在学校，也很少回到家里，家人和老师都不知道他究竟在哪，在干什么。

也真是巧，下雪的第二天，四处游荡的大宝，远远看见一个穿着军大衣的人出现在埭路上，怀疑是工作组的什么人，他立即躲在路边一个厕所的墙后，待那人走得稍近，仔细一看确认是李胜利，不由怒从心头起，抓起一团夹杂枯草和泥土的雪，使劲捏，使其成了一个沉甸甸的冰球，瞅准机会狠狠地扔向李胜利后背，自己则迅速奔向了田野深处。

五十八

一个月后阿兰被放了出来，一个目不识丁的农村女人，身上也实在榨不出任何有用的线索，况且她所涉及的问题都是新中国成立前的事，真正了解的人也并不多了。所以，对于她的羁押并无多少现实意义。

新晋第八生产队队长、革命理论宣传员张兵近期一直积极地跑大队部，找各种理由跟李胜利套近乎，他一口咬定，就是阿兰当年勾结国民党反动派，杀害了自己的伯父张三郎，因其当年为前线部队送过几天公粮，所以希望工作组能给评个革命烈属。

为给阿兰组材料，李胜利也下了功夫，走访了好几个老一辈的人，顺便也听说了张三郎的故事，其本人根本就是个游手好闲、好吃懒做的二流子，调戏大姑娘，骚扰小寡妇出了名。他也确实为新四军运送过几天公粮，但吃不了苦，三天就逃了回来。曾经也骚扰过阿兰，但事后不久便不知被谁杀死在一口旱井里。

李胜利坐在办公桌旁抽着烟，盯着张兵，看着他又讲起他伯父的事。他一声不吭的样子倒使张兵心里开始打鼓，毕竟理不直气不壮的要求，被他这么一盯更有点心虚，便赔着笑脸说道："李组长，我也是为了革命工作，我家评上了革命烈属，那对我以后工作帮助会很大，不像现在谁都可以反驳我……"说着他偷瞄了一眼李胜利。

"是堂伯吧？"李胜利突然蹦出的一句话把张兵吓了一跳，"据我们了解你那伯伯是个孤儿，且一生无儿无女。"

"呃，是堂的，不过与我家走得最近，在世时我家里一直接济他的。"

"威信是要自己树立的，并不是评到了烈属，人家就都服你。"

"是是是，李组长说得对，我要向李组长学习。立场坚定，坚持原则。"张兵赔着笑脸，"对了，前几天我去了孙万年家，也就是你同学姜美玉的家里，唉，老两口都在发愁啊，女儿这么大了还没对象，托我遇到合适的给介绍介绍，可我认识谁啊？"说着，张兵又偷偷看了一眼李胜利，根据他脸上的表情，来判断对他的话题是否有兴趣，受托提亲其实是他编的，姜老太这么一个干练的人怎么也不会把女儿的终身大事交由他来牵线做媒。

果然，李胜利的表情由嘲讽一下变成了诧异："她父母当真让你介绍合适人选？"

"是的，李组长手上有人？"

"咳，张兵你给我听着，现在革命形势如火如荼，你居然还有心思记挂这些小资情调？小心我罢免了你。"

张兵被李胜利突如其来的严厉训斥搞蒙了，明明对姜美玉很感兴趣，怎么一下子又换了副面孔？

"这段时间你要抓紧调查孙万年家的遗留问题，一发现情况立即向我汇报。"

张兵在回家的路上细细品味李胜利的每一句话、每一个表情，连贯起来一分析，一下恍然大悟，终于明白他葫芦里卖的什么药了。"再狡猾的狐狸也斗不过好猎手，那李胜利究竟是狐狸还是猎手呢？"张兵一下被自己瞎琢磨的问题困住了。算了，还是计划一下自己下一步的棋该怎么走，成全李胜利的好事也就等于成全了自己。张兵暗中打着算盘，想着似乎已经充满了希望的明天，脚步不由得轻快起来。

阿兰回到家里整整半个月闭门不出，一天到晚直愣愣坐床上，不说话也不干活，任凭小宝怎么哭叫也无动于衷，人似乎傻掉了一般。见此情形，赵有财心里内疚痛苦兼而有之。他当时确实为了保护娘子不受伤害，将恩人的秘密透露给了张兵，以换取阿兰的平安。谁知道不但没保住阿兰，还被冠上了恩将仇报的恶名。“狗日的张麻子，等我手臂养好了，打死你这个孙子。”赵有财在心里怨毒地发着誓。

五十九

阿兰并不是真的神经出了毛病。她反复想着那个恩人突然有一天看她的眼神大变，又像是惊喜又像是哀伤，当天还跟她说了好多奇怪的话，一会儿又喃喃自语：“英子现在也快四十了，她后颈上的蝴蝶斑小时候还真好看呢。”阿兰心里一惊，摸了摸自己的脖子后面，也有一块很大的胎记，和别人的黑色不同，她的胎记呈紫红色。原来一直被头发遮着，现在被剃了头，一下露了出来。

由于外乡人被定了罪，所以隔三岔五就被揪出去审判一番，毕竟是五十好几的人，眼看状态越来越差，有几次回来，满脸是血，瘫在地上好像死去了一般，阿兰拼命喊他，许久才动弹了一下，阿兰哭着安慰：“你要坚持住啊，也许过几天他们查清楚了没啥事，你就可以出去了。”

外乡人喘着气声音很无力地说道："我可能挨不过几次了，我是外地人，来历不明，他们绝对不可能放过我。"他闭了一会儿眼，又说道，"我从老家出来已经快三十年了，为了找我的英子跑了大半个中国，后来有老乡说好像在上海发现了她，我就追到了上海，又有人说，英子被卖到了乡下，我又一路找啊找，其间被拉了壮丁参加了国军，但我放不下找英子的念头，又偷着逃了出来。唉，一晃几十年了，英子没找到，我姐不知道还在不在。"外乡人声音开始哽咽。

阿兰越听越觉得他所说的英子跟自己的经历很像，但又回忆不起来自己小时候的事，听到伤心处，便跟着外乡人一起哭泣。

过了很久，外乡人试着坐了起来，抓住铁栏杆，靠在上面："大妹子，我现在没什么遗憾了，可能命中注定我今生会漂泊一世，也怨不得谁，只怪我当年太大意，把英子一个人留在了街上，把她弄丢了。现在我真的累了，好想回到老家，看看我姐，看看老家门前的大槐树。"

阿兰隔着铁栏把他扶住，让他慢慢躺下："你快休息一会儿吧，不要太累着。"

禁闭室里散发着霉味和血腥味，只有一个离地面很高的小窗口，阳光根本照不进来，室内非常昏暗，泥质的地面上胡乱铺着一层稻草作为简易床铺，人就这样躺在上面。这间屋子原本是个仓库，堆放各种杂物或各季节收获的粮食，非常时期，临时用作了禁闭室。

不知道过了多久，外乡人突然对阿兰说："大妹子，我拜托你一件事。"

阿兰忙凑过去："你说吧，我一定尽力去办。"

“我在这里没什么亲人，一时也回不了老家，所以有些事情就交付你了。我住的地方很简陋，没什么值钱的东西，你有机会出去就去整理一下，把有用的搬去你家吧。”

“你说的啥话呀，你还要回去住的，不能瞎说。”阿兰哭了。

“还有，我床头的墙缝里有两块银圆，你仔细找一下，看到了就拿了悄悄藏起来，日子实在难熬了，就补贴一下家用。”外乡人继续说话。

阿兰忍不住大哭：“恩人哪，一切会好起来的，你不要说这样的话。”

“呵，希望吧，我累了，要睡了，千万记住我的话啊。”

第二天，外乡人又被拉了出去，傍晚没回来，第三天、第四天，直到阿兰被放出来那天，依旧没有回来……

阿兰牢牢记住了他的名字“罗致远”。打算过阵子偷偷替他制作一个牌位，清明、过年等节日上祭奠一下这位恩人。

六十

我爷爷自从那次大会后，便被撤了小队长的职务，还被分派了一个差事——在本生产队的农田范围内夜间巡视，一般都是夜里十点多出去，两个小时左右回来，我爷爷那时虽然五十多岁的年纪，但身体素质很好，所以这样的额外工作对第二天的集体劳作倒也没产生多大的影响。

事情的转折是在半年后的一个夏夜。

那时的农村，夏天纳凉主要靠自然风和蒲扇，热得实在睡不着的话，许多人家就在院子里搭一张简易床铺，蚊帐一挂，就睡在室外。据说那几天非常热，我爷爷吃完晚饭，先在自家院子里搭好了床，与前来串门的几个邻居说了一会儿话，大概十一点的时候，提着一盏风灯出了门，准备沿着稻田转悠一圈，看看放水进田的小沟渠有没有堵塞，顺便看看里面有没有泥鳅或螃蟹，如果抓得到几只，第二天可以改善一下伙食。

夏夜的田野空旷寂静，一大片黑魆魆的庄稼在没有风的夜色里，如同整齐的列兵严整有序。偶有夏虫和蛙鸣，在大片的田野间已不显得聒噪。依稀有微风吹来，但见那大片的黑色在轻微改变着形状，白天的酷热此刻已逐渐消逝，地里水边的凉意细若游丝般冒起。我爷爷抬头看着头顶的月牙，判断已过子夜，便决定往回走。手里的风灯已经油尽熄灭，借着皎洁月光，我爷爷脚步轻快地走在回家的田埂上，突然脚下一绊，“扑通”一跤，摔得结结实实，半天没爬起来。过了好久才回过神，站了起来，慢慢踱回了家。

就是这一跤，成了我爷爷人生的分割线，从此以后，原本壮实威武的一个人，身体素质每况愈下，病恹恹地过了十几年，从我记事起，印象里的爷爷，威严地坐在一张藤椅里，长期的病痛，人显得很瘦，但跷在凳子上的腿显得有点粗，一按一个大坑，其实是浮肿。家人都很着急地东打听西打听，希望有医术高明的郎中能治好爷爷的怪病，甚至背着爷爷请神婆问大仙，但仍没有起色。直至他老人家去世，都没有个准确说法，究竟得的啥病。此是后话。

眼下的情况是，孙万年隔三岔五到我家的宅子找我爷爷，每次来都显得很紧张。

“今天张兵又来我家了。”孙万年也不当自己是外人，拿起一个空碗，替自己倒了点酒，抿了一口，“这小子看来没安好心，要调查我的家庭情况，怀疑我出身资本家家庭，把我家老太婆的家庭出身定性为地主。”

“别听他瞎咧咧，评成分是以前的事了，而且是大家一致讨论后评出来的，轮得到他来翻天？”

“也是的，不过现在有亮……唉。”

“还没消息吗？”我爷爷问道。

“有亮和美云都没消息。我们全家都快急死了。”孙万年大口喝了一口酒。

正在此时，听到外面呼天抢地的号叫声：“你们不能抢我的东西。”

孙万年一听，那不是自家老太婆的声音吗？忙夺门而出，我爷爷也立即跟着出去。只见姜家宅上来了一群年轻人，把他家的许多旧物件和一些书籍，全扔在了场心，其中一个人正和姜老太抢着什么东西，孙万年一看，原来是老太婆一直当成宝贝的一尊观音菩萨像，平时一直藏在柜子里，今天不知道怎么也被翻了出来。两人几个回合争抢下来，姜老太终不敌年轻人的手劲，一松手，把那尊菩萨摔得粉碎，姜老太大哭起来：“你们要受报应的。”

那些人见这老太太如此泼辣顽固，准备给她点颜色看看，我爷爷和孙万年赶到，立即劝阻这群人：东西砸都砸了，人就放了吧，跟一个老太太有什么计较呢？

这群人看看东西也砸得差不多了，觉得我爷爷的话也挺有道理，便离开了。

六十一

姜美玉傍晚放学回到家，一看场心里都是砸烂的杂物和一些烧过的书籍，绕过门口一堆碎瓷片，仔细一看，是老娘当作宝贝的观音菩萨瓷像，此刻的姜老太正在家里哭骂，孙万年坐在一旁不吭声。见到女儿回来，姜老太号得更起劲："这日子没法过了，就这么一点旧货都被砸了，以后我还指望啥啊？你这老不死的一点都没用，就眼看着别人来抄咱家。活不下去了啊！"

姜美玉被她号得心烦，想着自己学校里也是无休止的停课，现在回到家里也不安生，便想躲进房间去图个暂时清净。她刚轻轻关上房门，便听老娘吼道："你给我出来，去找你那个同学讲讲理，前几时还客气地登门拜访，转眼就让人来抄家，这是黄鼠狼给鸡拜年没安好心啊？欺负我家没人吗？"

"姆妈，这又不是他指派人来的，这些人的行动不归他管。"

"我不管，反正你得找你同学去，张麻子不是他管的吗？他也来找麻烦。不就是墙倒众人推吗？还不是看到我家有……"

"咳咳。"听到孙万年的干咳，姜老太立即闭嘴。

姜美玉也觉得家里近期实在是不太平，麻烦不断，现在被老娘这么一提示，真觉得有必要找找李胜利，虽然对他没什么好印象，但现在人家大权在握，也许真可以帮得上点忙，最起码不要成为被批斗的对象。最可怕的还是，万一被人知晓赵有亮的事，会不会因此牵连全家？真到那时恐怕谁也保不了了。

于是，她决定等到礼拜天，去大队部找找李胜利。

而大队部这一边，姜家所有的情况，张兵事无巨细全部汇报给了李胜利。其实姜家的事，正是李胜利授意张兵，让他秘密召集他儿子的同学，有目的地直奔过去干的。

先是张兵上门施压，紧接着抄家，换谁也承受不起这样的折腾，李胜利心中一盘算，觉得过不了几天姜美玉应该要来找他了。

果不其然，礼拜天一大早，李胜利正在办公室看报纸，一阵雪花膏香味由远及近飘进了他的鼻孔，他已经预料到是谁了，但还是头也没抬，一副正在认真读报的样子。

"李胜利同志你好。"一个柔和的女声伴随脂粉的香味停在了李胜利一米开外的地方，他猛一抬头，一副喜出望外的样子，大声笑道："贵客上门，快快请坐。"边说边连忙起身，拿起杯子倒了一杯开水。

"今天我主要是来请老同学帮忙的。"姜美玉开门见山，"现在老同学身居要职，希望能行个方便，对我家二老网开一面，让他们过几天安生日子，他们承受不起这么大的压力。"

李胜利皱着眉头，抽着烟："你家的事情我也略有耳闻。前几时我看到过上级发下的内部文件，你姐夫赵有亮，好像问题非常严重啊，还拒不交代，令负责专案的工作人员难以展开工作，也不知会不会因此有相关人员来你家进行秘密调查？"

姜美玉霎时脸色发白，果然怕啥来啥，她惊魂不定的样子，被李胜利透过烟雾尽收眼底：美女果然受到惊吓也美得摄人心魄。

"你有可靠消息吗？我姐夫现在怎么样了？"姜美玉几乎眼中含泪了，"你能保我父母不受伤害吗？"

“唉，作为老同学我肯定不会袖手旁观，你放心，我会尽力而为。”李胜利目光坚定地看着姜美玉，并轻轻拍了一下她的肩膀。

“那我先谢谢你了。”

望着姜美玉远去的身影，李胜利露出了一丝笑容，随即慷慨激昂唱起了《智取威虎山》片段：“今日痛饮酒，壮志未酬誓不休，来日方长显身手，甘洒热血写春秋。”歌声响彻了整个大队部院落，令其他工作人员侧目：李组长肯定遇到天大的好事了。

六十二

阿兰回家后二十多天，大宝第一次在家露面。赵有财看着这个快和他差不多高的儿子，又是担心又是冒火：“你疯哪里去了？这么久不着家，还以为你死外面了！”

大宝狠狠白了他爷老子一眼：“我不要你管。”

赵有财用左手拎起墙边的扁担就要扑上去打，被大宝反手一扭，抓在了他自己手里，有了武器的大宝，反过来要揍自己的老爹：“你这叛徒，我打死你！”

赵有财被追得满场心跑，边跑还边骂：“反了你这兔崽子，想打你爷！早知今天，当初应该溺死你这个孽种。”爷俩在场心里边追边骂，惹得周边邻居都来看笑话：赵有财也有今天，这报应来得真快呢！

这时，阿兰在屋里喊了一声：“大宝，你进来。”爷儿俩同时停下了追打，气鼓鼓地一前一后进了门。阿兰把大宝叫到了房间，虚掩上房门，向大宝吩咐事情。

娘儿俩在房内小声说着什么，待了快有一个时辰也不出来。赵有财因之前那件事情，自己也一直觉着心虚，眼巴巴看着娘儿俩关在内屋说话，也不敢贸然进去。

已经到了中饭时间，大宝一从房间出来就直奔灶台，掀开锅盖，大半锅黄澄澄的玉米饭已经煮好，他拿起一个蓝边大碗，满满盛了一碗饭，从简易碗橱里又端出一碗咸菜，狼吞虎咽扒着饭菜，一会儿，满满一碗饭就已经见底。他把空碗朝灶沿上一放，刺溜又跑了出去。看他走得远了，赵有财才冲着他的背影喊道：“有种你以后别再回来。”

原来，阿兰在里屋吩咐大宝，让他找机会，趁哪天的傍晚时分，去外乡人住的河边小屋，找找有价值的东西，拿到家里藏起来，万一哪天找到他的亲人，也能够有所交代，并特地叮嘱，一定要找到墙缝里的那两块银圆并带回家中。大宝虽然叛逆，但对阿兰很是顺从，从小到大，看着娘对爷的种种逆来顺受，他一点点全部记在了心里，发誓长大了一定要帮着娘对抗暴虐的爷老子，让娘过上舒心日子。尤其那天目睹娘被当众羞辱的情形，大宝更是仇恨侮辱践踏娘的所有坏人，又恨自己无力保护娘的周全。那天他坐在沟沿边哭了很久，直到月亮升起，才慢慢走回到了亲婆家里。

冬天天黑得快，六点半左右已经看不清对面的人了。家家到了掌灯时分。这时，好多人都看到河边烧起了一把大火，位置正是外乡人原来居住的小屋。待大家拿着家伙去救火时，那里已经烧得差不多了，原本低矮的小屋早成了一堆冒着黑烟的灰烬。乡亲们觉得这把火烧得蹊跷，更有鬼神论者认为，这是外乡人去了阴间没住处和衣着，自己点燃带过去了。

而事实上这把火是大宝放的，他收拾了一些觉得有用的东西后，刚想准备离开，环顾一下四周，觉得还应该为恩人做些什么，他想起家里逢年过节的祭祀，每次都会烧好多纸元宝给老祖宗们。于是，出于最朴素的想法，他觉得这位救了自己的恩人，到了那边啥也没有，日子会很难过，那就把原来属于他的东西烧给他吧，让他在那里能过个安生日子。所以，临离开时，他把煤油灯里的油洒在了被子上，划了根火柴，看着大火熊熊燃起，才悄悄离开了那里。

唯一一个知道内情的人便是阿兰，虽然她当时只叮嘱大宝去拿东西，但是，当火燃烧起来后她第一反应便是大宝。“也许把原本属于他的一切烧了，也是对他最大的安慰吧。”阿兰心里暗想。

六十三

接下来的日子，李胜利成了姜家的常客，自从他来到姜家宅后，曾经的麻烦都仿佛烟消云散了，就连他们最担心的赵有亮的事，过了好长时间，也没见有人来做什么秘密调查，虽然还不知道他的具体消息，但也没有人借题发挥来闹事，也算暂时太平。

姜美玉虽然对李胜利一直没有太好的印象：学生时代的差生，总喜欢打架斗殴。现在虽名为工作组组长，其实也就是一个小头目，但有了这样的一个关系，倒也可以避免许多麻烦。想到这些，姜美玉觉得他也没那么讨厌了。直到有一天，李胜利又一次登门。

那天，老两口都出去串门了，两个小外甥也去邻居家玩了，家里只有姜美玉一人在厨房间择菜，李胜利看看周围没人，伺机从背后突然抱住了她，接着用力把她扳过身来，急吼吼把嘴凑了上去，姜美玉想奋力推开，但怎是当兵人出身的李胜利的对手，轻而易举被吻住了，姜美玉当时觉得一股烟味直冲鼻腔，差一点吐出来，但是嘴巴被压住了，只能发出“唔唔唔”的声音，大概是她的急促喘息和含混不清的叫声刺激了李胜利，他开始不顾一切撕扯她的衣服，任凭姜美玉拼命扭动身躯抵抗，还是被他伸进内衣摸到了胸部，欲望一旦挣脱理智的牢笼，便成了贪婪的野兽，李胜利正想进一步扯下姜美玉的裤子，一声咳嗽从远处传来，孙万年回来了，李胜利连忙放开姜美玉，整理好自己的衣服，姜美玉则伸手甩过去一个巴掌，将李胜利用力推开，边拉衣服边逃也似的奔到了房间。

孙万年回到家，看到李胜利心神不宁站在他家堂屋里，不禁有些意外：“李组长什么时候来的？我家美玉不是在家吗？没见到？”

“啊，不是，我们刚才已经见到了，我刚跟她交代完一些事情，现在准备走了。”

“正好中饭时间，李组长在我家吃顿便饭吧。”孙万年客气地挽留。

“不了，我还有要事先走了。”

姜美玉呆坐在梳妆台前，看着镜子里的自己：头发蓬乱，脸色绯红，嘴唇上磕破了一块皮，露出隐隐的血色。她惊魂未定地回想起刚才那一幕，感到又愤怒又恶心。没想到李胜利光鲜的面具下，内心却是如此肮脏下流。但这种事又不能向任何人吐露，只有哑巴吃黄连，自己硬生生咽下去。所以，中午的饭桌上，她装作若无其事的样子，瞒过了父母的询问，只说自己近期有点上火，牙龈发炎，嘴唇干裂得厉害。

而出了姜家宅的李胜利，虽然挨了一巴掌，但心里还是莫名兴奋，根本感觉不到脸疼，只觉得美女连巴掌也打得那么绵软多情，又想到自己那只伸进了她内衣里的右手，当时握在手里那种柔滑细腻的感觉，诱惑得他快失去了理智，只想进一步探索她所有的秘密。“如果外人晚来十分钟，你就乖乖被我征服了。”李胜利暗想。脑海里又浮现出姜美玉脸红喘息的样子，不禁将右手举到鼻子上深深嗅了一下，似乎又闻到了一股女人的体香，他在心里暗暗发誓：姜美玉你给我等着，总有一天我会将你牢牢压在身下，到时看你如何向我求饶。

六十四

外乡人原来的住处，被大宝的一把火烧了后不久，紧接着很快被清理，翻土种上了庄稼，时间一长完全融进了周围的耕地，再也看不出一点儿原来的痕迹，仿佛这间小屋从来没有出现过一样，仿佛这个外乡人也从没有在此驻扎过一般，那人住在此地的十几年光景，就这样轻而易举地被遗忘在众人的脑海里。

但还是有人会记着他的好，如阿兰和大宝娘儿俩。尤其是大宝，家里的系列变故，救命恩人死于非命，都在刺激着这个少年快速成长。因为从小所处的非常态环境，也没人好好教育引导，在跌跌撞撞的成长岁月里，他形成了自己的一套是非标准：凡是为难、侮辱、伤害他娘的人都是坏人，必须报复，凡是他爹跟他说的话都是不怀好意，必须嗤之以鼻。他没有玩伴，独来独往。原本在他内心还有一个美好的理想：到了年龄想去当兵。但是，现在他娘的状况，肯定过不了家庭政审关，希望的破灭，令他对周围的所有人都有着抵触情绪。心里最烦闷的时候，他经常会一个人悄悄来到烧毁的小屋处，独自坐在沟沿上发呆。娘被一群人抓出去游街，一直像挥之不去的噩梦萦绕在他的脑海里：必须干点什么，替娘出一口气。看着眼前仍依稀发黑的焦土，他突然有了一个大胆的想法：趁着快要过年，大家都忙于各种杂事，相对会放松警惕，找个机会把大队部给点了，给娘报仇。大宝被自己的大胆想法搞得兴奋起来，开始谋划这一行动，先得准备些易着火的干柴，再想办法搞一小瓶煤油。有了放火烧小屋的经验，规模较大的大队部应该也不在话下。想到这里，大宝从沟沿上一跃而起，开始为自己的下一步行动筹备物质。

离过年不到三天了，孙万年打算去镇上买一点儿年货，临出门，姜老太还嘱咐老头子，别忘记替外孙扯两块布做两件新衣服。一个时辰还不到，孙万年慌慌张张回到了家里，关上门对姜老太低声说道：“有人贴了赵有亮的大字报，名字上还打了红叉，吓死我了。”

姜老太听了也脸色发白：有亮他在南京，怎么还有人在这里贴他的大字报？现在怎么办？会不会查到家里来？

正在此刻，两个外孙回来了，小的哭着说：“他们砸了我家的大床，亲婆被推倒了。”

“还骂我们是小反革命，想打我们。”大的补充。

“你们怎么回来的？”孙万年问。

“是大伯送我们回来的。”

姜老太连忙把两个外孙藏进房间：“你们以后不许乱跑，就待在这里。”

又急着对老头子说：“快去找美玉，让她去找她同学去，总归能帮上点什么忙。”

孙万年听了老太婆的话，急匆匆走了出去，又急匆匆返了回来：“都急糊涂了，美玉不是去同学家了吗？要到傍晚才回来。”

没办法，老两口只有在家等着，心里念着菩萨保佑，尽管菩萨已经被摔得粉碎。

五点左右，姜美玉回到了家里，刚摘下围巾和手套，就被姜老太拉住衣袖急切说道：“快再去找你的同学，写有亮的大字报已经贴到了公社门口，赵家老宅上有亮和你姐的婚床都被砸了，就怕再砸到这里来。”

姜美玉一听大吃一惊，出去一天家里出了这么大的事，但想起上次被李胜利非礼又心生反感，不愿意再去找他。便虎着脸不吭气想回房间，怎料被老娘拉住不许走：“你要不去，我死给你看。”姜老太又开始蛮横。姜美玉没办法，只好说：“那也得等明天再去吧。”

也就在当天傍晚，大队部里的工作组人员都陆续离开了办公室，李胜利也推着自行车准备回镇上，在远处观望的大宝心想机会来了，立即把早已藏在大队部周围的软柴分散靠在墙脚，洒上煤油，掏出口袋里的自来火，点燃了墙边的柴草，只见火苗呼的一声蹿向四周，火势逐渐大了起来，大宝高兴地用衣袖擦了下鼻涕，刚准备转身离开，猛地感觉后脖子一凉，继而整个人被一只有力的大手拎了起来，转脸一看，一张愤怒得扭曲了的大脸正对着他——李胜利！大宝心里一惊：这下完了。

六十五

说来也巧，李胜利骑车刚走了一小段路，一摸口袋，发现把家里的一串钥匙忘办公桌上了，便立即掉头回去，正好看见外墙边火苗蹿起，不远处还站着一个人，他轻手轻脚停好车摸了过去，一把揪住了那人，拎起一看，是一张稚气未脱的脸。

“是你放的火？”李胜利问。

少年用恶狠狠的眼光看着他，并不言语。

李胜利像拎小鸡一样拎着大宝来到自行车旁，解下绕在后座上的绳子，将他双手捆个结实，另一头拴在了自行车上：“你给我等着。”说完，急忙找人救火去了。

这时，周围的人也看见了火光，都拿着脸盆、水桶过来救火，正好大队部旁边就是一条小沟，众人端的端，提的提，一会儿就将火扑灭了。此刻，天已经黑透，满脸脏污的李胜利怒气冲冲地快步过来，拉起捆着大宝的绳子像牵牲口一样，将大宝拖往大队部，掏出一把大钥匙，打开一扇被熏黑了的门，把大宝往里一推：“你今晚在这里想想清楚，是谁指使你来火烧大队部破坏集体财产的？明天给出交代。”说完，用力把门关了起来。随着一声沉闷的“砰”，大宝立即感觉周边陷入无尽的黑暗之中。他现在被关的地方正是关过阿兰和外乡人的禁闭室，阴冷又黑暗，毕竟还是个少年，大宝此刻感到十分恐惧，轻易不流泪的他，也忍不住哭了起来。

火烧大队部是桩不小的案件，来救火的人中，有认识大宝的村民，见他被捆着双手拴在自行车上，便猜了个八九不离十，肯定是这小子干的，被逮了现行。在当时的形势下，这样的行为是非常严重的罪行。有好心人十万火急地把情况通报给了赵有财家。赵有财气急败坏："这兔崽子不要命了，敢在老虎头上拍苍蝇，自己作死谁也救不了他！"

阿兰听此消息，一下如同掉进了冰窟窿，由内凉到了外，牙齿打着战，说话都不利索了，只是拉着来人的衣袖不停地问："大宝被抓了吗？现在在哪？"当听到大宝一个人被关在大队部禁闭室时，她一个踉跄跌倒在地，牙关咬紧，两眼翻白，如死去了一般。

赵有财连忙过去想扶她起来，竟发现本来很瘦小的一个人，此刻身躯沉重得几乎托不起来，生拉硬拽弄到了凳子上，让她靠在了自己的身上。阿兰的脸色呈吓人的煞白，赵有财又是拍背又是掐人中，许久，阿兰长长吐出了一口气，眼睛睁开了："快！快去托托人，把大宝救出来呀，那里不是人待的地方。"说完号啕大哭起来。两个小的跟着一起哭，霎时，家里如同遭受了天灾一样，哭声震天。

赵有财心烦意乱，哄好了两个小的，又安抚阿兰："我马上去找找姜老师，她与李组长是同学，看看能不能帮上忙。"

"快去啊！"阿兰用尽力气将赵有财推出门去。

此刻，早过了晚饭时间，很多宅子黑灯瞎火，庄稼人这个点都已经关门睡觉了。只有星星点点的煤油灯光，跳跃在不多几家人家的窗户上，赵有财出门转弯走到了埭路上，往孙万年家方向一看，只见他家的灯火还亮着，便加快脚步走去。

姜美玉正给两个外甥辅导功课，两个孩子待在外婆家已经有几个月时间了，南京还没人来接，也无任何音信，总不能让两个小孩就这样散养在家里，与父母商量后，她利用自己作为老师的有利条件，将两个孩子临时安插在了两个班级，一个二年级一个三年级。学校开课时间不正常，她便利用假期替孩子们补习功课。

“笃！笃！笃！”三声急促的敲门声打破了夜色里的宁静，姜美玉放下手中课本，警惕地喝问：“谁？”

“是我，赵有财，姜老师开开门。”

此刻，孙万年夫妇也被惊动了，点起了灯，从床上坐了起来。

姜美玉一打开门，就见满脸惶恐的赵有财快速闪了进来：“姜老师，救救大宝吧！”

六十六

“大宝怎么啦？”姜美玉一脸惊讶。孙万年夫妇也起来了。

“出啥事了？”姜老太举着煤油灯照在赵有财的脸上。

“兔崽子放火烧大队部，正好被李组长逮个正着，现在正关在大队部禁闭室里。阿兰刚才都吓得背过气去了。”赵有财既焦急又无奈，“求姜老师托托你同学的关系，对大宝从轻处罚吧。”

“大宝也太野了，竟敢闯这么大的祸。不过这种事说得大也说得小。”孙万年分析得头头是道。

“话是这样说的，不过现在落在了李胜利手里，加上前阵阿兰还被……你说他会往小靠吗？”赵有财的担心并非没有道理，“所以还是想请姜老师打打招呼，我和他娘求你了。”

赵有财差一点儿跪下，姜美玉连忙拉住了他：“乡里乡亲的，别这样，我明天去试试吧。”

听到姜美玉答应下来，赵有财心里总算踏实了点，再三感谢后离开了孙万年家。

现在的姜美玉如同被捆绑在了亲情、乡情上的一枚棋子，承载了太多的希望和义务，又如同弦上之箭不得不发。面对即将到来的明天，她的内心焦虑重重，甚至希望天不要亮起来了，就此坠入永夜也比面对着那个人要强。

自然界还是按照自己固有的规律昼夜交替着，思虑繁杂的姜美玉几乎一夜没好好休息，刚睡意袭来，窗棂上已泛白光，令她煎熬的白天终于来临了。

八点半左右，她已经到了大队部，一众人员正在清理房前屋后，擦拭门窗，姜美玉仔细观察了下，发现李胜利不在室外，便走向一扇窗子，往里一看，李胜利正伏在办公桌上写着什么，她敲了下玻璃，李胜利抬头发现了窗外的姜美玉，心里一阵高兴，但脸上还是一副严肃的样子，姜美玉示意他出来，他放下手中的笔，合拢好本子走出了大门，姜美玉往大队部东面的小河边走去，李胜利跟在她身后，远离那一群人后，姜美玉停下了脚步。

“老同学找我有何贵干？”李胜利停住脚步，从口袋里掏出一根香烟点燃，透过烟雾望向姜美玉，只见她脸色苍白，形容憔悴，心里已经猜测到了八九分。

“我要你帮忙查到谁贴了我姐夫的大字报，还有不能再去惊吓他家的老人，最后，放了那个孩子。”

李胜利似笑非笑看着姜美玉：“你以为我有那么通天的本事吗？再说了，赵有亮是省里都点了名的重要人物，凭我现在的职位，根本办不到你提出的那些要求。”

“那放了那个孩子，他还小，你把他关了一夜也算教训了他。”

“坏人可没有大人小孩之分。”李胜利将两个要求回绝得干干脆脆。

姜美玉愤怒地瞪着李胜利：“我知道你李大组长是手眼通天的人物，就是愿不愿意帮忙的问题。算我今天白跑一趟。”说完头也不回准备离开。

李胜利一下抓住了她的衣袖：“美玉，只要你答应我的条件，两件事情我都可以替你摆平。”

姜美玉停了下来：“你说。”

“嫁给我。”李胜利拉着姜美玉衣袖的手一下抓住了她的手，并将她拉向自己的身边，“做了我的女人，你的事情就是我的事情了。”

姜美玉奋力甩开李胜利的胳膊，逃也似的离得远远的：“你做梦！”

“姜美玉，我喜欢你，我对你的承诺一直有效。”李胜利朝着远去的姜美玉喊道。

姜美玉头也不回地跑回了家。

满怀希望等在家里的老两口，看着气急败坏回到家的小女儿，非常小心地问道：“怎么样啊？李组长有没有答应帮忙？”

“别提那个臭流氓。”姜美玉没好气地回答。

老两口面面相觑：这小丫头遇到啥糟心事了？

六十七

“他居然要求我嫁给他。”姜美玉恨恨地说。

孙万年和姜老太一下全蒙了，帮个忙要搭上一个女儿？这代价也太大了。

正在此刻，赵有财和阿兰也来到了姜家打听消息。

阿兰小心翼翼问道：“姜老师，我家大宝能放出来吗？”

姜美玉有些无奈：“正在想办法。”

“发生这样的事，是我们作为父母的没尽到看管孩子的责任，如果可以把责任算到我们头上换大宝的话，我愿意去关禁闭。”赵有财终于说了一句符合亲爹身份的话。

“还有，他们跑到我娘那里打砸，把老太太吓得都卧床不起了，再有啥动静，可能命都保不住了。唉！”赵有财一脸沮丧地坐在了门槛上。

近期他家确实连着几件飞来横祸，令一个原本风雨飘摇的家更加雪上加霜。现在他们把唯一的希望几乎都寄托在了姜美玉身上了。

姜美玉强打起精神，微笑着对他们说：“别急，我再想想办法，事情会有转机的。”

待赵有财夫妻一走，一家三口又陷入了纠结之中。

“我看李胜利吧，长得也行，现在又是上级派来驻扎这里的工作组长，你年纪也老大不小了，可以考虑考虑？”孙万年试探着说道。

“你闭嘴吧！你看阿兰、朱家伯不都是他害的？还提拔了贼眉鼠眼的张兵，看着就来气。你舍得把女儿嫁给这种人？”姜老太骂道。在大是大非的问题上，姜老太体现出了高瞻远瞩的见识。

被老太婆一骂，孙万年以沉默代替了认可。正一筹莫展之际，屋外由远而近传来了铿锵有力的口号声，姜美玉来不及多考虑，抓起家里的自行车，骑上迅速出门去了。

“你马上放了大宝，我答应你的条件。”姜美玉冷着脸对李胜利说。

“哦，终于想通了。那就定在新年里把婚结了吧。”李胜利笑眯眯地对姜美玉说。

“你不要得寸进尺，半年以后结婚。”姜美玉瞪了李胜利一眼。

“你也知道我们工作组很忙的，现在人手都派出去了，根本调不出人员来处理你的事情啊。”李胜利慢条斯理地整理起办公桌上的文件和报纸，又慢悠悠地喝了一口茶，“我替你也倒一杯开水吧。”

姜美玉心急如焚，看着故意拖延时间的李胜利气不打一处来：“你马上去处理，我同意你的要求。”

“请我亲爱的未婚妻放心，我马上亲自去。”李胜利立即拉起姜美玉的手臂，带她出了办公室，来到旁边一间屋子，用一把大钥匙打开门，朝着里面吼道：“小子我警告你，以后再敢做坏事，被我逮到马上送你去监狱。现在给我滚。”

被关了一夜的大宝，一看见开门，听到一个“滚”字，麻溜钻了出来，一路狂奔而去。

随即两人骑着自行车快速来到了姜美玉家，东南宅赵有财家的场心里已经聚满了人，一群人已经将阿兰又揪了出来，把赵有财控制住了，一个女孩正在慷慨激昂照着一张纸上读着什么，时不时挥起手臂做着砍伐的动作。

李胜利带着姜美玉过去，拨开人群，站在中间喊道："我是下派到这个大队的工作组组长，我叫李胜利，首先，我对于你们的革命热情表示万分的钦佩，其次，我想提一个小小的请求。"

"李组长请讲。"一位看似头头的男孩说道。

"这片区域是属于我们工作组的重点挖掘范围，我们正在有计划有目标地逐步开展工作，许多事情并不像你们看到的那么简单，我们要拨开表象看本质，从普通的事件里分析出隐藏的后台，简单地说打蛇打七寸，不动则已动则一招致命，这才是我们工作组进驻此处的目的，向革命小将们汇报，我们的工作已经取得了重大的突破，胜利在望，曙光就在眼前，所以，我请求你们，把你们宝贵的时间和热情，用到更需要你们的地方去。"

"我们都是同一个战壕的战友，既然李组长有缜密计划和明确目标，那我们就不插手了，预祝李组长早日旗开得胜。我们撤了。"

接着，又喊了一通口号离开了赵有财家。

躲在茅厕里的大宝看着一群人离开，又等着李胜利、姜美玉离开后，迅速回到了自己的家里。赵有财和阿兰看到安全回来的大宝不禁喜极而泣。阿兰把儿子紧紧搂在了怀里，眼泪落在了大宝的脸上："回来就好，回来就好。以后不要再闯祸了。我和你爷快要急死了。"大宝替娘擦去眼泪，无言点头。

六十八

小时候老家有个说法，过年前大扫除，掸灰尘一般选在二十七或二十八，因为“七零八落”嘛，在逢这个数字的日子打扫，以后灰尘便沾不住家具房梁，这当然只是一种美好的愿望而已，应该是前一段时间把重要的大事全部完成了，如炒点蚕豆花生，蒸点年糕，替小孩做新衣啥的，都安排完毕，后面就是比较轻松的活了，掸掸灰尘准备过年。

腊月二十八，我奶奶在家大扫除，我爷爷坐在门口的藤椅上晒着太阳，张兵手里拿着一叠纸来到了我家，非常热情地向我爷爷打招呼：“朱家伯，这两天身体好点哇？快过年了，希望你早点恢复健康。”

我爷爷看了他一眼没回答，直接问道：“有啥事？”

张兵略显尴尬，把那叠纸放在桌子上，清了清嗓子：“是这样的，朱家伯，还是为我堂伯申请革命烈士一事，还得麻烦你这个老党员、老队长给出个证明，哦不，签一个名就行了，内容我已经托人写好了。小队里的手续办好了我就可以报上去了。”

我爷爷冷冷地瞪着张兵：“你堂伯什么德行你不知道吗？要不要我说几件事你听听？给他评烈士你不怕被人戳后脊梁骨？别在这里白日做梦了，张三郎这种人给评个二流子、恶棍还差不多，妄想评革命烈士？你现在给我立即滚出去！”我爷爷说着，作势要抢桌子上的那叠纸。

张兵急忙抓起紧紧捏在手里，边走边骂骂咧咧：“把你当回事才来找你，给脸不要，你给我等着。明天起就让你晚上继续去巡夜！”我爷爷抓起靠在墙边的闩门棍假装抡过去：“我叫你嘴巴硬！”张兵吓得飞快逃了。

腊月二十九那天，很久没有音信的姜美云突然回到了家，把老两口激动坏了。看看大女儿消瘦憔悴的样子又心疼得不得了，拉着女儿问长问短没个完，把两个外孙急得直扒拉外婆，离开这么久了，孩子们也想跟妈妈亲近亲近。

原来在没跟家里联系的那段时间里，姜美云一直在为赵有亮的事四处奔波，她甚至打听到了当年领着赵有亮参加革命队伍的引路人：王排长，得知他住在山东某县，她立即买了车票赶到那里，几经周折，终于在一个村庄里找到了早已解甲归田的老排长。王排长听到赵有亮被诬陷，非常震惊和愤怒，连夜写了一份详细的说明材料交给了姜美云，证明早年赵有亮如何在他的培养下，成为一名出色的战士和优秀的军官，证明他如何服从指挥，对党忠诚，是不可多得的优秀干部。姜美云拿到这么有力的证明材料后，又辗转于许多部门为赵有亮喊冤，直至到了省里。

“那现在事情怎么样了？”孙万年问道。

“上面答应会派专人调查处理。”姜美云搂着两个儿子，“我几天前去看过有亮，他现在所处环境已经比原来好了很多。”

老两口一直悬着的心，终于可以稍微放下一点了。

“大丫头，你回来得真巧，新年里你妹妹要出嫁了。”

“真的吗？太好了，再不出嫁要三十了，老姑娘了。”姜美云开着玩笑，对妹妹的婚事她也一直在悄悄担着心，“男孩子是谁？我认识吗？”

“我原来的同学。”姜美玉的脸上一点儿也看不出高兴或羞涩，就像谈论着别人的事。

“是一个什么主任的儿子，叫李胜利，近期正好下派驻扎在我们大队，工作组组长。”孙万年说道。

听到这，姜美云稍稍皱起了眉头。“姐，你先休息吧，我晚上跟你说。”姜美玉拿起姐姐的包拎到了自己的房间。

夜里，姐俩说起了悄悄话，姜美云总是来去匆匆，两人很少能像现在这样说点心里话，甚至连当年姜美玉和刘勇生的事情，当姐姐的到现在才知道。

“你这傻姑娘，咋吃了这么多苦啊？”姜美云听了妹妹的述说，心疼得差点流下眼泪。

“唉，都过去了，也算是当年年纪小不懂事吧。”

“那现在那个呢？你同学……”姜美云询问。

姜美玉便把事情来龙去脉，从头到尾说了一遍。姜美云大吃一惊：“那你根本不是喜欢他才嫁给他的，是有条件的交换啊，你太傻了，这门亲事不能答应，你会吃苦头的。”

姜美玉苦笑着：“来不及了，结婚时间都定了，就在大年初八，双方亲戚朋友都已请好了。再说我现在也不去追求什么心动的感觉，浪漫爱情，只要能太太平平过日子就可以了。况且……”姜美玉咬了一下嘴唇，“他对我挺好的，虽然人比较粗莽，但最起码有他在，可以保家里平安。”

姜美云对妹妹的决定再也无话可说，毕竟她所经历的一切，她不能体会，也就给不出恰当的建议。

六十九

姜老太翻出了几年前就备好的新棉被，趁着有太阳，赶紧拿出来晒，红色绸缎的被面，红格子里子，一对绣着鸳鸯戏水图案的枕头，那是她早就为小女儿备下的嫁妆。准备了多年没动静，但今天拿出来又显得那么突然，毕竟谁也没想到会在这么没预兆的情况下，突然宣布了婚讯，全家人都有点手忙脚乱，稍留点心，又会发现，喜事当前，这一家人看起来那么平静，甚至是冷淡，每一个人脸上都看不出一点儿喜悦的情绪。只有两个孩子兴奋地在小姨身边转来转去，想要块糖吃。

姜美玉将要嫁给李胜利的消息很快传遍了整个埭，有惊讶的，有不屑的，有咒骂的，也有看好戏的，似乎祝福的人少之又少。孙万年到我爷爷那里串门，我爷爷很不解："你干吗把小丫头嫁给这种人？"

"唉，一言难尽。"孙万年叹了口气，把事情的前因后果仔仔细细地讲给了我爷爷听，我爷爷听完只顾默默抽着烟，再没有讲一句劝阻的话，是呀，小丫头那么匆忙把自己嫁了出去，很有点悲壮的味道，如果她没答应李胜利，那阿兰这次难逃一劫，大宝的命运也不可预测，赵家老太、孙万年一家后面将要面临什么样的劫数都难以预料。

"还好，他们毕竟是同学，应该有点感情基础。"孙万年自我安慰。

那一年的冬天，埭上有件大事值得铭记：姜美玉终于嫁给了李胜利，如果是真心相爱的两个人，对于大喜之日必定充满了甜蜜的憧憬，而姜美玉对于已进入倒计时的婚期，则是满心的排斥与无奈，甚至带着恐惧，越是拒绝时间好像过得越快，一眨眼，年味日渐淡薄，婚期倒是如期而至。大年初八，这个听来十分吉祥的日子，成了改写姜美玉一生命运的开始。

如果说当年姜美云的婚礼遵循的是本地的传统风俗，举办得热闹又喜庆，而今，姜美玉的婚礼则顺应了时局，简单而快捷，眼见着七八辆扎着大红花的自行车驶进姜家宅子，为首的正是李胜利，穿着一身军装，意气风发、笑容满面地来接他的新娘。一行人在姜家稍作停留，便载着新娘子离开了，当天的新娘子穿了一件红缎子棉袄，黑色卡其的裤子，一双暗红花色的新棉鞋，头上别了一朵丝绸簪花，脸上淡淡地扑了一点粉，嘴唇上沾上了红纸的颜色权当口红，前来看新人的邻居们发现，美丽的新娘子明显刚刚哭过，长长的睫毛上似乎还挂着泪珠，万分不舍地离开了娘家。老两口和姜美云及两个外孙，都舍不得姜美玉就这样匆匆忙忙离开。两个小孩拉着小姨的衣袖不让走，小的甚至哭了起来。姜美云连忙抱起孩子："姜涛不哭，今天是小姨大喜的日子，小孩子是不能哭的。"

"那小姨还回来吗？"姜涛抽抽搭搭问道。

"会啊，这里既是小姨的也是妈妈的家，我们一直要回来的，你看我不是经常回来的吗？"

小的终于不哭了，倒是姜美云想到妹妹的坎坷经历，忍不住扭过头去，掉下了眼泪。她是舍不得妹妹，这么一个如花似玉的姑娘，在选择自己的婚姻大事上，会如此地身不由己，她实在不可想象，妹妹将跟一个自己并不喜欢的人度过一生，那是多么可怕的事情。

小女儿出嫁了，平时热热闹闹的家一下变得萧条冷清，幸好大女儿和两个外孙暂时还没离开，老两口心里总算还有个寄托。

姜美云心里想着，再过两天便是妹妹回门的日子，回门第二天，她便要带着两个儿子回南京去了，赵有亮的事情没最终落实，她的心里总是有点七上八下。

七十

婚礼宴请设在公社食堂里，简单摆了三张圆桌，食堂的天花板下，垂挂着彩条和气球，彩条交叉处，挂着一只大大的，彩纸折成的灯笼，不停旋转着闪着亮光。前来祝贺的主要是男方的亲戚，李胜利父母非常热情地站在食堂门口迎接客人，当新郎领着新娘进入众人视野时，大家都热情地鼓起掌来。

李胜利的父亲拍着儿子的肩膀："好样的儿子，工作和家庭建设两手抓，这才是真正的革命干部嘛，哈哈哈。"

李胜利妈妈暗地里捅了下男人，小声嘀咕："大喜的日子，胡说些啥。"紧接着挽起姜美玉的胳膊，疼爱地端详着儿媳的脸，"我媳妇真是个美人坯子，儿子眼光真是不错，听说你们是同学？"姜美玉轻轻点了下头。

"好，同学结成夫妻好，相当于青梅竹马，盼你们早点给我生个大胖孙子。哈哈哈！大家快入席吧。"随着李胜利父亲爽朗的笑声，大家纷纷落座，觥筹交错中姜美玉感觉声音离自己好像越来越远，一连几天的日夜焦虑，一下处于这样的喧闹环境之中，觉得人快要虚脱了。她定了定神，努力保持端坐的姿势，面对前来敬酒贺喜的亲友勉强露出一丝微笑。李胜利似乎觉察到了新娘子的状态，凑在她耳边轻声说：“我送你去休息吧。”

姜美玉虚弱地点了点头，李胜利举起手中的酒杯：“我先干为敬，你们慢用。”

“哈哈，你这是迫不及待想进洞房，我们理解，你先扶新娘子回家吧。”

李胜利搀扶着姜美玉慢慢走在去新房的路上，其实新房也不远，就在公社家属区的一排平房里。他家分到了三间平房：两个房间一个客厅，各家的厨房，都是搭在起居室对面的简易棚屋，现在李胜利结婚了，他父母便把他原先的卧室改造成了新房。

大年初八的夜里，天空挂着一轮上弦月，发出微弱的光芒，凛冽的寒风直钻人的衣服。刚从暖意融融的食堂出来，一下走到寒冷的室外，姜美玉不由打了一个寒战，李胜利搂着她肩膀的手臂感到了一阵颤抖，立即紧紧把她半拥在了怀里，顺势轻轻闻了一下她的头发，一阵沁人心脾的发香撩得他心旌摇荡，借着酒劲，李胜利一把扳过了姜美玉的身子，狠狠地吻住了她，姜美玉想挣扎，但实在没有力气，只能任凭他摆布。姜美玉柔软的身躯和阵阵的香味，引得李胜利如同干柴遇到了烈火般，再也控制不住沸腾的情欲，一把抱起新娘子大步奔向了新房。

大年初十，是新嫁娘回娘家的日子，姜家早就准备好了酒席，请了几家关系亲近的亲戚来喝喜酒，虽然没有嫁大女儿时的热闹隆重，但该走的程序也不能少。

十点半左右，新郎新娘一前一后来到了姜家，喊过了父母和长辈后，坐在了门口的长凳上。姜美玉仍是出嫁时的打扮，只是脸色似乎比前天更显苍白，李胜利也是一副严肃模样，没有了接新娘那天的喜悦和朝气，老两口忙着招呼客人，没注意一对新人的表情，只有姜美云注意到了两人略显勉强和僵硬的笑容，心想：之前担心的事难道真的发生了吗？她不敢想下去，忙上前把妹妹、妹夫安置到了酒席的座位上，并开始招呼亲戚们落座。

姜美云已经买好了明天去南京的车票，但今天一见妹妹的表情，心里又开始放不下了，她想找个机会问个明白，如果新婚才第三天就有了疙瘩，这一辈子该怎么过下去呢？

正在座位上与亲戚交谈的姜美玉，感到后背的衣服被拽了一下，扭过头一看是小姜涛在拉她："小姨，我们明天要回南京了，我有一样礼物要送给你，你跟我来。"

姜美玉笑着捏了捏他的脸蛋："好啊，我倒要看看小姜涛送我什么礼物。"边说边跟着他进了房间。

七十一

姜美玉一推开房门便看见姐姐坐在她原来睡的那张床上，心里一下明白了小外甥来叫她的目的。她垂着眼睛坐到了姐姐身边，姜美云仔细看着妹妹的脸，发现眼皮有点浮肿，仿佛哭过的样子，她轻声但很坚决地跟妹妹说："你要如实告诉我，究竟发生了什么事情。"

姜美玉把头扭向了一边："他知道了我不是黄花闺女，非要追问我那人是谁。"

"你怎么回答的？"

“我一句话也没说。”

“他肯放过你？”

“没有，他把怒气全部发泄在我的身上，发疯似的折磨我。”姜美玉说此话时紧咬着牙，眼泪却不争气地掉了下来。

“妹妹，你这刚开始呢，以后的日子怎么过啊？要不离婚吧！”

姜美玉摇摇头：“他不会离婚的，我也不会离。”

“你这是何苦？”姜美云忍不住叫了起来。

“我不怪他，这一切算是对我年轻时所犯错误的惩罚。也许过几年有了孩子就好了。”

“你这哪叫过日子？你是在熬日子啊。你年纪轻轻的甘心这样过一生吗？”姜美云对妹妹的固执心痛又无奈，“如果实在过不下去，你要告诉我，我支持你离婚。”

姜美玉苦笑着给了姐姐一个拥抱，走出了房门，留下姐姐在房内独自泪流满面。

第二天，姜美云带着两个儿子离开娘家时，心情十分沉重和不舍，但是又不能让二老知道妹妹的事，否则老两口不知道急成啥样，尤其是老娘，说不准会做出何种惊人举动。

送走了小女儿，现在大女儿带着两个外孙也要离开，姜老太不停擦拭着眼角，孙万年则是坐在凳子上闷声抽烟，姜美云安慰着老娘：“等有亮的事情有了结果，我会再回来的。两个孩子寒暑假都要来外婆家，您就别舍不得了。”

“美云，有亮的事情有了着落你一定要马上告诉我们，别让你婆婆还有我和你娘担心。”孙万年补充道。

难得姜老太这次没抢断老头子的话，只是顺着应声：“是啊，记住了哦。”

我不太清楚那个时候启东到南京的公共汽车是如何运行的，反正肯定要从县城出发，一天可能也就一个班次，一个单程至少十个小时，路面也不像现在，石子铺的就已经很不错了，有些路段甚至就是泥土地，尘土飞扬自不说，颠簸不平是常态。

去一趟南京，用长途跋涉来形容，毫不为过。

时间转眼来到二十世纪六十年代末，这时李胜利与姜美玉的儿子已经四岁，赵有亮的罪名定性为莫须有，目前只在原来的大学图书馆里任普通馆员。曾经驻扎在大队部的工作组也已经撤掉了，人员回到了公社。

两个外孙每年寒暑假雷打不动要来外婆家。对于农村里孩子玩的那一套捞鱼摸虾、爬杆上树无一不精。周边邻居已经习惯了姜老太每到傍晚时分，站在东山头扯着嗓子喊两个外孙回家吃饭。

那个时候的大宝，长成了大小伙子的模样，个子比他老爹要高，模样比他老爹俊秀，唇上已经泛出了黑魆魆的绒毛。话不多，地里干活是把好手。风妹上了初中，小宝也上一年级了。任凭外面的世界岁月静好或风起云涌，老百姓过的日子永远按部就班，其模式如同地里的庄稼：播种期、幼苗期、成长期、收割期，老的一批离开自有小的一批跟上，世世代代就是这么传承下来了。

七十二

电影里知识青年上山下乡，一般都是大城市的青年男女到偏僻之地，干着开荒垦地的苦活计，如去北大荒、新疆，启东作为三水交汇处的小县城，虽算不上人杰地灵之处，也算物产丰饶之地，能到此地也不算太差。当年有大城市下来的知青，印象中来自上海的比较多，后来在启东扎根下来的上海知青也不少。而大部分的知青，原本就是本县的城镇户口青年下到本地的乡下，有从县城来的也有从小镇来的，我们大队也有几个知青下派名额，零零散散分派到了几个生产队，白天去各自的生产队干活，夜里统一住在大队部，就是原来李胜利工作组驻扎地，后又改造成了知青点。几间平房拆分成一男一女两个集体宿舍和一间公共烧饭间。

知青的到来，给沉闷枯燥的乡间裹挟进了一股清新空气。女知青穿着裁剪得体的衣服，梳着好看的发辫，跟乡村同龄女孩有着巨大差别，哪怕都是清一色蓝绿服饰，但人家可以在领子上翻花样，燕子领、青果领、一字领什么的，再从里面翻出一个白底小碎花的衣领，一下就变得夺人眼球。埭上几个小年轻一看到有女知青走过，目光会不由自主跟着她们移动，直到看不见人影。而农村小姑娘，看见那些男知青也会不自觉地被他们的能说会道、见多识广所吸引。有别于乡村青年土里土气的穿着，他们身上有时穿着蓝底白条球裤，简直就是行走的荷尔蒙，把几个小姑娘迷得七荤八素。

女知青中有一个叫顾晓慧的女孩子，来自县城，长得皮肤白皙、身材高挑、细眉细眼，留着两条长辫子，辫梢扎着粉红色的丝绦，经常穿一件绿白格子的外套，一双刷得雪白的球鞋。当大宝第一次看到顾晓慧时，一下如同触了电的感觉，口干舌燥，心跳加快，仿佛灵魂已经出窍，徒留躯体傻愣在那。也许，情窦初开就是这样的感觉。春风拂面、空气香甜，大宝觉得周边的世界一下变了，好像是原来司空见惯的黑白电影蓦然变成了五彩斑斓的彩色电影。太奇妙了！

和顾晓慧形影不离的女孩叫杨洋，身材矮小，长着一张娃娃脸，与顾晓慧的清冷气质不同，杨洋特别爱笑，一笑起来两眼便弯成好看的月牙形，是个特别可爱的小姑娘。她来自本地的一个小镇——久隆。

自从大宝的心里惦记上了顾晓慧，觉得这日子不再枯燥无聊，似乎有了目标和希望，但又说不清在希望什么，只觉得旁边有那个人在，心里便充满了幸福。大宝每天晚上躺在床上胡思乱想，但又想不出好的办法，来制造与顾晓慧的偶遇，县城姑娘与乡村小子毕竟隔着无形的鸿沟，一时难以逾越。大宝不由心生沮丧。

机会终于来了。一个周日的傍晚，大宝正要从地里回家，远远看见西边路上走来一个小个子的女孩，正吃力地拎着一袋什么，仔细一看，正是那个叫杨洋的女知青，大宝急忙奔跑过去，接过杨洋手上拎的重物，说道："我来送你回宿舍吧。"

杨洋感激地朝大宝笑了笑："那就谢谢你啦，这是我从家里带来的粮食，一路拎过来可重了。"

"以后你回家我来送你吧，我家里正好有一辆自行车。"

"太好啦，等会儿到了宿舍我请你吃东西。"杨洋兴高采烈地说。

两人一边说着话一边走，一会儿就到了知青点。

杨洋冲着宿舍大喊："顾晓慧，我回来啦。有好吃的哦。"

"拿进来我来尝尝，啥好东西？"顾晓慧并没有迎出来，杨洋示意大宝把东西拎进去。

“哇！我在换衣服，你怎么领了个男的进来，出去出去！”杨洋急忙又把大宝推了出去。

大宝像个木头人一样被推来推去。进门时刚好看见只穿了小背心的顾晓慧在洗脸，大宝第一次看到一个女孩子穿这样的衣服，感觉一阵目眩，又被杨洋这么一推，差一点撞门框上。

杨洋进去后，与顾晓慧两人嘀咕了一阵，冲着门口喊：“进来吧，助人为乐的好青年。”

听到里面的呼喊，大宝犹犹豫豫地跨进了宿舍门。

七十三

一进门，一股幽香直钻大宝的鼻子，他眼睛往洗脸盆边一瞥，看见一只粉色的盒子里装着一块浅粉色的香皂，香味大概就是从那里散发出来的。在那个物资匮乏的年代，香皂绝对是奢侈品，农村里基本看不见这种物品，用得起肥皂已经很不错了。第一次看见别人用这种高级货，大宝心里好生羡慕。

顾晓慧坐在自己的床上，悠闲地修着指甲，杨洋忙着把带来的炒面粉倒进碗里，用开水冲泡，一股焦香弥漫开来。她又捧出一把炒蚕豆放桌上，招呼大宝吃。

“我跟你说，顾晓慧，这蚕豆是沙炒的，可好吃了，又松又脆，你尝尝。”

顾晓慧拿起一颗蚕豆，仔细剥了外面的壳放进嘴里嚼起来：“啊呸，真有沙子哎。”说着连沙子带蚕豆全吐了。

“哎呀呀，你真浪费，一点点细沙有啥呀。算了，你别吃了。”杨洋有点心疼。

“你说好吃不？”她又朝着大宝问。

大宝点点头：“好吃。”

顾晓慧从自己床头的一个铁盒子里拿出两颗糖，一颗给了杨洋，另一颗给了大宝。“杨洋，我替你谢谢这位助人为乐的同志啦。这是大白兔奶糖，一颗糖相当于一杯牛奶。”

“哈，你这小气鬼，平时向你要都不肯给，今天倒是大方的。我搭这位小哥哥的福了。”杨洋说着迫不及待地剥了糖纸，把糖块扔进了嘴里。

大宝可舍不得吃这块糖，悄悄把它藏进了裤袋。这不仅是颗糖，更是自己喜欢的女孩给的小礼物，得好好珍藏。

“顾晓慧你出来呢，你要的书我借到了。”一个男知青在女宿舍门外喊道。

顾晓慧立即从床上蹦了起来，趿着鞋子冲出门去，与刚才懒洋洋的模样判若两人。

“书又不能当饭吃，有啥看头。”杨洋小声嘀咕，又朝着大宝说道，“你多吃点呢，今天真是谢谢你啦。”

“我要回家了，你下次有事叫我。”顾晓慧走了，大宝也没心思待下去，就跟杨洋打了招呼也回去了。

路上，大宝从口袋里掏出那颗糖仔细察看，只见白色的糖纸上有一个黑色的大蘑菇，蘑菇旁就是一只白兔子，红眼红嘴红鼻子，似乎带着微笑望着大宝，放鼻子下仔细一闻，果然有一股奶香，再用手指捏捏，有一点软软的感觉，大宝第一次拿到这么好看又好闻的糖，还是自己喜欢的女孩给的，心里的甜蜜比这奶糖的浓度还要高。

春末夏初的傍晚，晚风已经柔和得有点暧昧，情窦初开的年轻人步子轻快得脚下生风一般，带得路边的小草也摇摆着小脑袋，似乎向他点头致意。大宝捡起路边一块土块，用劲扔向田野深处，只见土块远远地落入庄稼丛中，大宝拍了拍手上的尘土，开心地笑了起来。就这样走走玩玩，不知不觉天已完全暗了下来。大宝想起亲婆还没吃饭，赶紧小跑回到了住处。

这么多年来，大宝一直跟着亲婆住，从少年长成了青年，如今赵老太年事已高，加上小儿子的事情，诸多不顺压垮了这个老人，躺在床上已有大半年了，赵有财夫妇经常会来看看，端点吃的过来，但主要还是靠大宝照顾着，一日三餐都由大宝烧好了端给亲婆吃。天气好一点的话，替亲婆在门口放一张椅子，扶她坐在那里晒晒太阳。所以，几个孙子孙女中，赵老太还是最偏爱大宝，把好吃的留给他，逢年过节偷偷塞点小钱给大宝，还时常叮嘱他不要跟自己的爷老子犟："你爷其实心里很宝贝你的，就是脾气不太好，以后他说啥别往心里去，不要跟他顶嘴更不要动手。否则，吃亏的还是你。"

大宝嘴里答应着，心里想的却是另一套。从小耳濡目染父亲的德行，怎么会因亲婆的一席话而改变看法？在他印象中，赵有财就是个喜怒无常、卑劣自私的小人，要不是这割不断的血缘关系，两人不知道打过几十架了，还是往死里整的那种。

不过今天大宝心情特好，回到住处时正好遇上爷娘都在亲婆屋里，叫了一声"姆妈"，来到亲婆床边，见到她正在喝着粥，知道是他们拿来的。

"我再替你炒一个鸡蛋吧。"说着就往灶间走去。

“我们带了一个咸鸭蛋来了，你有什么罢不得的事情现在才回来？天天野在外面不像样子。”赵有财恶声恶气地训斥大宝。

“大宝现在天天在田里干活挣工分，你不是没看见，晚一点回来说不定有啥事呢，爷俩儿还能不能好好说话。”阿兰抢白了男人几句。赵有财便没声音了。

大宝已经瞪起的眼睛，被娘这么一说，顺了下来。

七十四

上完下午三节课的姜美玉，拖着疲惫的身子回到家里，准备淘米烧夜饭，一看家里墙角边只剩下几颗青菜，立即抓起零钱包准备到附近的菜市场再去买点菜，临出门，下意识寻找儿子，因为这个点上，在公社托儿所的儿子应该由婆婆领回家了，今天怎么不见人影？门倒是大开着，姜美玉急忙去隔壁找儿子，在往西第三家的家属宿舍里，果然见到了儿子在和小朋友一起玩。

“姜老师来啦，刚才李主任把你家小朋友临时放我这里的，说你反正快回来了，就让他在这里玩一会儿。”女主人客气地说道。

“哦，麻烦了。”姜美玉说完带着儿子回到自己家里。

“妈妈，奶奶接我回来又上班去了，我本来在家里玩，后来爸爸带了一个阿姨回家，就把我送到园园家去玩了，玩得真开心。”儿子兴冲冲说道。姜美玉一听，心里一沉，“小东东真乖，来我们家的阿姨你认识吗？”

“认识的呀，爸爸还让我叫她张阿姨。”

姜美玉眼前立即浮现出一个女人的形象，齐耳短发，满脸麻点，很会揣摩别人心思，几句不露声色的马屁，会立即把人熨得服服帖帖。她原本是个小队会计，到今天一步步爬到了公社办公室秘书的职位，可见其心思缜密，手段高明。姜美玉多次在李胜利的嘴里听到过他对这个女人的赞美之词，就是没有想到他会将她带到自己家里来。女人的直觉感到两人关系非同寻常，但又实在想不通，这样一个又老又丑的女人，李胜利也会为之动心？如果真如自己所想，姜美玉内心肯定崩溃，自己当初的错跨一步，如今已经输得一塌糊涂，她紧紧抱着自己的儿子，把头埋在他稚嫩的肩膀上，眼泪早已汹涌而出，禁不住地双肩抖动，被儿子发现了，拼命扳起妈妈的头："妈妈，你怎么了？妈妈，你抬起头看看我。"

姜美玉在儿子的衣服上擦了下眼泪，强打起笑脸："妈妈没事，刚才被风吹得眼睛睁不开，现在好了。"

"妈妈，我以为你哭了，妈妈，小东东长大后会保护你的，你不要怕。"

"真是好孩子，我们去买菜吧。"

待姜美玉烧好饭菜端上桌时，天已经完全黑了，这个时候李胜利回到了家里，儿子看见爸爸回来了，马上高兴地扑了上去，要爸爸抱抱，李胜利抱起儿子举了起来："儿子，爸爸明天要出差去了，你在家要好好听妈妈的话。"

"小东东最听话了，爸爸要和张阿姨谈工作，叫我去园园家玩我就去了，我还没和园园吵架。"

空气突然安静，李胜利放下儿子，清了清嗓子："啊，是这样的……"

“吃饭吧，我还要备课。”姜美玉打断他的话。

两人就在沉默中各自扒完碗里的饭，只有儿子好奇地一会儿叫爸爸一会儿叫妈妈，姜美玉示意他好好吃饭。吃完饭，她麻利收拾完桌子，打开窗边课桌上的台灯开始备课，李胜利带着儿子前去搬往后排的爷爷奶奶家玩了。

爷儿俩出门了，姜美玉压抑着的情绪终于爆发，她伏在桌上低声痛哭，眼泪打湿了备课笔记，秀气的钢笔字也变得模糊一片。她并不是因为李胜利的背叛而哭泣，而是为了自己曾经逝去的爱情，和如今伤痕累累的婚姻而哭泣。她想写一封信给姐姐，开头写好了，但转念一想又撕了，想起当年姐姐劝告她的话，想起自己的一意孤行，还能说什么呢？向姐姐诉苦吗？说自己后悔了？这样的诉说有意义吗？姐姐一家已经够麻烦了，不能再让她添堵，还是默默藏在心里吧。

姜美玉控制好了情绪，擦干眼泪，开始在台灯下认真备课，只有全身心投入工作才能忘记一切烦恼。

李胜利抱着儿子回来时，小东东已经睡着了，他安顿好儿子，对姜美玉说：“明天我去南通出差三天，早点休息吧。”

姜美玉没回头也没回答，直到背后一阵叮当声哗啦声结束，一切归于寂静很久，她才站起来梳洗，而后搂着儿子睡去。第二天起床时，李胜利不知道何时已经离开了家。

七十五

姜美玉起床时儿子还没睡醒，她觉得眼皮有点沉重，对着镜子一照，吓了一跳，两只眼睛肿得像核桃，她马上用冷毛巾敷，一会儿后再看稍微好了一点，她便开始点炉子烧早饭，点煤炉需用玉米秸秆或小木块，烟熏火燎好一会儿煤饼才燃起来，她在家门口的空地上点的煤炉，有早起的邻居也已经开始生火烧早饭，远远地跟她打着招呼："姜老师早啊，今天有课？"

"是啊，上午有两节课。"

"你们夫妻两个都是大忙人啊，我看李主任也一大早就出门了，和一个女同志一起走的，说是出差呢。"

姜美玉听到这，心里又是一沉，再也没接话。

娘儿俩在吃饭时，公公来了，对姜美玉说："今天小东东我们接送，你下班回来到我们家来接，你忙的话，让小东东住我们那里也可以。"

"今晚我要和爷爷睡。"小东东开心地拍着手。因为爷爷家总有好吃的东西给他留着。

"还有，小姜啊，你要理解胜利的工作，要配合他、做好他的贤内助，明年他很有希望再上一层台阶。现在忙不是为了今后有更好的前途嘛。"

姜美玉勉强笑了一下："那今天小东东就麻烦你和姆妈了。"

"好，小东东吃完没？跟着爷爷走喽。"

姜美玉离开家去学校时，眼睛还是有点肿，几番进出办公室时，隐约听见背后同事议论："姜老师好像哭过的呢，是不是夫妻间吵架了？"

"有可能，我家也住在公社旁边，听说他男人作风不太好。"

"娘子这么漂亮，还不知足啊？啧啧！"

无论什么时代，人们对于别人隐私的津津乐道总是惊人相似。姜美玉对于来自同事的风言风语除了沉默，觉得没有任何辩解或驳斥的必要。

上课点名时，姜美玉点了两次“赵磊”，没人应答，他的同桌举手：“赵磊的亲婆死了，他家里人叫我替他请假。”

赵磊是小宝学名。大宝叫赵鑫，风妹叫赵丽。据说都是偷偷请了会排八字的瞎子取的名字，大宝五行缺金，取名“鑫”，小宝五行缺土，取名“磊”，风妹倒是啥也不缺，取“丽”字，据说为了拼凑笔画，多于或少于指定笔画都会对其一生带来不好的影响，姑妄听之。

一听说小宝的亲婆死了，姜美玉脑海里一下想起了那个常年围着展裙，裹着小脚的老太太，印象里已经半年多没看到过她，想不到如今去世了。

姜美玉感觉自己从今天大清早起状态就开始不对，根源当然是昨天的事情，紧接着早上邻居的闲谈、公公的告知、同事的嘀咕，这一桩桩都好像要合起来把她推向绝望的边缘。

此刻的姜美玉情绪低落得讲课声都十分暗哑，她让小朋友们自己抄写生字，自己走出了教室深深地呼吸了几口新鲜空气。抬眼一望，那棵大树还在，周边的地上飘满了黄叶，只是曾经树下的那对青年男女，早已被冲刷得各自散落于时间长河的深处。

赵老太去世的第三天，赵有亮姜美云夫妇带着两个孩子回到了老宅。老家风俗是凡是谁家有人去世，一般都摆放三天，第三天吃完中饭必须出殡，名为“搁三朝”，如有亲人在外实在来不及赶回，错过了就永远天人相隔。此次赵有亮能在第三天赶回，赵有财也是想尽了办法通知兄弟回来，特地赶到镇上的邮电所，根据赵有亮的单位信息查找了电话号码，几通长途电话拨过去，才找到了兄弟，并将家里的事情告知了赵有亮，然后赵有亮一家四口立即买票赶了回来。

这是赵有亮出事以后第一次回到老家，前来帮忙的邻居发现赵有亮才四十多岁的人，头发大部分已经发白，脸上也满是饱经沧桑模样，右腿走路还有点瘸。这个当年意气风发，英俊潇洒的青年军官，一下苍老成这样，邻居们都不敢上前招呼，只是远远地看着他。

只见赵有亮一跨进家门口，就在母亲的灵柩前长跪不起，两行热泪长流泣不成声。见他悲痛成这个模样，赵有财担心兄弟的身体承受不了，便上前搀起了他："姆妈最后一面你也见到了，起来吧，要准备出殡了。"

姜美云也是哭得眼睛红红的，从赵有财手上扶起了赵有亮。

七十六

赵老太去世，本队和旁边小队临近的人家几乎全部来帮忙了，尤其今天出殡，许多事情要安排得井井有条，不能出任何差错，用老话说，在这种白事上出状况会对子孙后代不利，所以，在各桩事务上人手都要配备充足。乡间谁家遇到这种事，本家会请一位德高望重，有号召能力，有组织力的人作为总调度来统一调配人员，被请者自会义不容辞把本家的托付处理得有条不紊。原来我爷爷经常会被请去担当这一个角色，自从生病后才改由别人担此重任。

自从几年前被遣返回来，张建昌等一众乡亲再也没去过南京，也没见到过赵有亮。今次赵家有事前来相帮，又与赵有亮相见，他几乎认不出眼前这个穿着普通，瘸腿白发的人就是当年带他们出去见了世面的人。张建昌含着泪水紧紧握住赵有亮的手，哽咽得几乎说不出话来：“有亮啊，你这几年吃苦了啊。”

赵有亮轻轻拍了拍张建昌的手背：“这不又好好回来了。”

那个时候的农村实行的还是土葬，通常是四个精壮青年抬着厚重的棺材走向集中埋葬死者的坟地，家属边撒纸钱，边号哭着跟在后面。但是赵老太的棺材后面跟着的一行家人，没有号哭声，只有轻声的啜泣声。大宝跟在队伍的后面，也在小声哭泣。难得落泪的他，亲婆去世着实让他悲痛，想着平时亲婆对他的关心叮嘱，时不时留给他的小零食，以后再也得不到这样的疼爱了。大宝一想起这些，便会忍不住又哭了起来。

忙完一天，邻居相帮都已陆续回去，赵家老宅顿时冷清了下来。大宝还是要守着亲婆住过的房子不肯搬回，赵有财、阿兰便由着他去。

赵有亮打开了常年紧闭着的自家房子，当年姜美云嫁过来的大部分家具和自己父母分给他的那张大床，已经被砸得七零八落，尤其那张床，周边的架子全部被拆光砸烂，只剩下了一张铺板，搁铺板的架子也是后来赵老太叫了大儿子敲敲打打勉强钉起来的，早已没有了当年古色古香的风采，现在也就是一张很破旧的片子床。

两个儿子住在了外婆家里，现在只剩下赵有亮、姜美云夫妇两人，站在满屋狼藉中，一时不知道从哪里开始收拾。

“你今天很累了，我先把床铺起来吧。”姜美云轻声对着赵有亮说道。

赵有亮疲惫地点点头，找了一张椅子坐了下来。等姜美云收拾好床铺，准备喊赵有亮休息时，发现他已经靠在椅背上睡着了。看着男人睡梦中才略微舒展开的眉头，姜美云一阵心疼：他这是有多忧心多疲惫啊。

姜美玉遇到姐姐已是第二天的事了。当天正逢礼拜天，姜美玉知道赵老太去世，姐姐、姐夫肯定会回来，便带着儿子回了娘家，刚跨进家门，正好遇上姐姐一家赶过来吃中饭。她见到赵有亮的情形一下呆住了，姐姐立即用眼神暗示她淡定，继而抱起小东东："来，小东东认识下姨父。"小孩怯怯地看着赵有亮不肯叫。赵有亮从姜美云手上接过小东东，笑着举起他说："不叫没糖吃哦。来，叫我一声。"

"公公。"小东东张嘴就叫，众人一听都愣住了，赵有亮尴尬地笑了笑："看来我真的老了。"

姜美玉拉过小东东："让你叫姨父，你瞎叫啥公公，真不懂事。"

小东东被娘一训斥，立即"哇"的一声哭了起来。姜美云嗔怪妹妹："小孩子懂啥啊，小东东不哭了，和两个哥哥去玩吧。"

这是姜家几年来的第一次团圆饭，除了李胜利，全家都到齐了。姜美云问妹妹："小东东的爸爸咋没来？"

姜美玉脸上有些不自然地回答："他出差去了。"

赵有亮笑着接话："我一次也没看到过我这位连襟呢，依美玉的眼光，找的一定是位青年才俊。"

"这条草鱼昨天才从沟里捞上来，很新鲜，有亮多吃点啊。"姜老太客气地招呼女婿。

"是的呀，有亮多少年没吃到家里的饭菜了，今天敞开肚子吃。”孙万年附和着。

没人接赵有亮的话题，只是一个劲招呼他吃菜。赵有亮似乎感觉到了一丝不寻常。

七十七

姜美云看着妹妹的气色远不如从前，皮肤干燥暗沉，眼睛也失去了原先的光彩，低垂的眼眸似乎藏着无限的心事。趁着收拾桌子，姜美云凑到妹妹跟前，悄声问道："是不是两人吵架啦？"

姜美玉咬着嘴唇既没摇头也没点头，自顾着打水洗刷。

"瞧你那样子，跟我还有什么不能说的？"姜美云又催促妹妹。

来不及掩饰，两滴眼泪从姜美玉的眼里掉了下来。姐姐意识到了问题的严重，便没当着家人的面继续问下去。

收拾完碗筷，大人们都出去串门了，三个小孩也被支了出去，姜美云拉着妹妹进了房间关上门，仔细聆听妹妹这几年来的生活经历。姜美玉边哭边将这么多年的委屈向姐姐和盘托出，听得姜美云时而气绿了脸时而跟着一起流泪："实在不像样子，过不了还是离了吧。"

"要离也得等孩子大一点，他那么小，落在后娘手里要吃苦头的。"

"唉，你糊涂啊，我当时就劝你不要那么随便就把自己嫁给一个不了解的人，现在看来姓李的不但人品有问题，生活作风也有问题，你既然知道了他是这种人还怎么能继续跟他生活在同一屋檐下？太委屈自己了啊。”

“同住一个屋檐下，也可以各过各的日子。”此刻的姜美玉跟姐姐说了这么多，积压的痛苦终于有了释放的出口，心情倒是平静了不少，只是觉得从此这一生，除了顾念自己的亲人，其余已经万念俱灰。

“如果有一天你决定离婚了，我们会第一时间站出来支持你。”姜美云很果断地维护着妹妹，作为姐姐她能做的也只有这些了。

“我的事情爸妈都不知道，不能告诉他们。”姜美玉告诫姐姐，“我不想让他们再为我担心。”

姜美云轻轻搂了搂妹妹的肩膀：“只是你受的委屈太大了。”

“也许这就是命吧，我的命不好。”姜美玉苦笑了一下。

阿兰轻轻推开虚掩着的门，看到大宝正单手支撑着下巴呆坐在桌前，以为他不舒服，急忙上前用手摸了摸他额头，没感觉到烫才放下心来：“大宝，跟我回家吃饭吧。亲婆走了，我们也很难过，但是她肯定不愿意看到你现在这个样子啊。亲婆最担心大宝吃不好、穿不暖，你要让她放心的话，还是应该每天吃得饱饱的，过得开开心心的。这样才对得起亲婆。”

“姆妈，你放心我知道自己怎么做。”

“我的大宝最懂事了。”阿兰疼爱地摸了摸他的头发。娘儿俩一前一后走出赵家老宅，前往埭路南边的家里吃饭。

回到家中，赵有财和风妹、小宝已经开始吃饭，看到阿兰和大宝进屋，两个小的都很开心地喊“阿哥”，赵有财只当没看见，只顾着自己扒饭夹菜。阿兰看着快要吃完了的菜，连忙夹了几筷子放大宝的饭碗上，赵有财咳了一声：“这么大的人了，还用得着你给他夹菜？”

阿兰也不理他，只是不停对大宝说：“多吃点吧，你还要下地干活的，吃少了没力气。”

赵有财瞪了一眼阿兰，把碗一推离开了饭桌。

此刻的大宝觉得，这里虽然是自己的家，但他一点也不喜欢回到这个时时令他压抑和愤怒的地方。每次到这来总感到自己是个外人，不像和亲婆在一起时自在。

所以，亲婆的去世对大宝打击很大，一段时间内，他觉得做什么事都提不起精神来，对于自己喜欢的女孩子也已经好久没有心思去想。直到有一天，杨洋在路上拦住了他：“喂！上次忘记问你名字了，你叫啥？”

“赵鑫，你就叫我大宝。”

“我叫杨洋。明天我和顾晓慧都要乘车回家，我们带了点东西不好拎，你送送我们吧。”

“好的，几点？”

“明天凌晨五点吧，后天傍晚六点再到镇上来接我们。”

“好。”

“提前谢谢你啦。”杨洋笑着向大宝挥挥手，小跑着远去了，大宝看着她的背影也露出了久违的笑容。

七十八

冬天凌晨四点半，天还没亮，气温很低，大宝从家里推出了自行车，两个手轮流握着把手，闲着的一只手，不是在嘴上哈着热气，便是插在了口袋里临时取个暖。为啥不骑呢？因为他根本不会，自行车那时也是属于贵重物品，孩子们根本不允许碰。今天他是趁着家人还没起床，偷偷把车子推了出来，万一被赵有财发现，肯定又是一顿臭骂。

大宝来到知青点时，天开始蒙蒙亮了，杨洋和顾晓慧已经在宿舍里整理好了东西，见大宝出现在屋外，立即连拖带拽把大包小包搁置在车子的后座和前杠上，完了一看，那辆自行车上如堆了一座小山，大宝勉强挤进间歇，推车上路。两个女孩嘻嘻哈哈一路吵闹着跟在大宝身后，天气虽然很冷，但大宝心里此刻热气腾腾。

到了镇上的简易车站，早就黑压压一群人候在了那里，大宝替两个女孩把车上的东西卸下放在各自的脚边准备离开，杨洋冲他又喊了一句："别忘记明天傍晚六点，到这里接我们。"

大宝转头望向她们，只见顾晓慧正冲着他笑，但见她明眸皓齿，眉眼弯弯，一下把大宝看呆了，心想怎么会有如此好看的女孩。他心里立即如小鹿乱撞，脸也一下热了起来，慌慌张张回答了一声"噢"，逃也似的离开了。

第二天的大宝干啥事都心不在焉，答应好的要去接杨洋和顾晓慧，他不能失约。但是先得想办法把自行车搞到手，白天他看见他爷在地里干活，便在心里编了千百种借口想从他老爹手上骗取车子，但一个个都被自己否定了，眼看下午四点多了，大宝心里开始着急，这个时候他再望向赵有财干活的地方，发现他人不见了，大宝急忙赶回家去，一看自行车也不见了。便问正在宅前自留地里干活的阿兰："姆妈，他去哪了？"

"去镇上了啊。"阿兰很奇怪大宝找他老爹干吗，"你找他啥事？"

“我就问问。”大宝装作无所谓的样子，双手揣裤袋里在家门口晃了几圈才走。

随着太阳的快速西斜，大宝心里急得火烧火燎，如果眼巴巴等老爹的车，那不知道什么时辰才可以等到，向谁去借吧？自己又不会骑车，更开不了这口，大宝一下不知所措，在埭路上朝东朝西瞎转悠，不知不觉走到了隔壁小队的地盘，在离埭路比较远的一户人家，大宝看见了一辆自行车就靠在墙壁上，更巧的是，那家的大门还是紧闭着，没人在家的样子。大宝的心一下狂跳起来，一个大胆的念头跃入脑海：趁主人不在，临时借用一下车子，用完了再神不知鬼不觉还回来。时间紧迫容不得他再作周密部署，大宝飞奔进去，推了车子拔腿就跑，还没跑到埭路，那家的主人就边追边喊冲出来了，原来人家正在屋后堆柴垛，听到自行车的哐啷声马上转了出来，正好发现有人在偷他的车子，车虽破旧但也是一个家庭重要的固定资产，可以用作短途的交通工具，也是轻便的驮货载物器材，现在居然有人光天化日闯到家里来偷夺，主人家怒不可抑拼了命追赶，边追边喊：“快抓强盗，有人偷脚踏车！”

周边群众闻风而动，不到五分钟就把大宝制服得动弹不得。那人气喘吁吁追到了现场，二话不说朝着大宝扇了两个耳光：“哪里来的小蠡贼，敢大白天抢东西，跟我去派出所。”

此刻的大宝早已蒙了，任凭众人你一拳我一脚踹打，一会儿就鼻子淌血，嘴唇破裂。这时突然有人认出了他。

“这不是隔壁队赵有财的儿子吗？怎么成了偷车贼？”

“他娘就不是好货色，怪不得生出个蠡贼儿子。”

刚才被众人踢打时，大宝并没有反抗，觉得是自己倒霉栽了跟头，也算罪有应得，但现在有人侮辱他娘，一下怒从心头起，拼命挣脱了双手，蹲下身捡起手边的一块砖头，朝着刚才骂他娘的那人狠狠砸了过去。只见那人应声倒下，头上一下冒出了许多血来，众人吓坏了，几个赶忙去扶倒下的那人，还有几个死命按住了大宝，不再让他挣脱控制，同时，有人朝着吓傻了的自行车主人喊道：“快骑车去派出所报案去。”

“好好，我马上去。”那人慌忙跨上自行车朝着镇上飞奔而去。

七十九

赵有财从镇上回来时，看到一群人正围着一个被绑着的人叫骂、推搡，紧接着，几个穿着公安制服的民警拨开人群来到被绑者面前问话：“是你抢人家自行车还砸伤了人？跟我们到派出所把事情说清楚。”

赵有财停下车准备看会儿热闹，一看被警察带出来的人是大宝，一下急火攻心，连忙把自行车放倒在地，追了过去：“警察同志，这里是不是有误会啊？我儿子怎么会抢人家脚踏车？我们自己家也有啊，是不是搞错了？”

两位警察停下脚步打量着赵有财：“你是什么人？和这嫌犯什么关系？想搞里应外合吗？也跟我们走一趟。”不由分说拽住了赵有财手臂一起带上了警车。

天快黑了，阿兰左等右等不见爷儿俩回来，寻思他们可能有事绊住脚一时回不了家，便先让两个小的把晚饭吃完去写作业。

正拿了碗去盛饭，门口一下闯进来一个人："哎哎哎，你还有心思吃饭，你家男人和大儿子都被带去派出所了。"

阿兰拿在手里的碗"哐啷"一声摔到了地上碎成了几片："什么？两人都出事了？"她惊恐地看着进来报信的邻居。

"大宝抢人家脚踏车还砸伤了人，你男人为了啥我就不知道了。你快想想办法吧，我话传到了。"

邻居刚出门阿兰就瘫坐在地，风妹蹲下身想要扶起姆妈，但力气太小没成功，她吓坏了："姆妈你别这样啊，你起来你起来。"小宝也跑过来想帮姐姐一起搀扶起娘，阿兰脸色惨白，额上虚汗直淌，有气无力对风妹说："你快去朱爷爷家，跟他说你爸和你哥都被公安局抓了。"这个苦命的女人已脆弱得如冬天的芦苇，再也承受不了任何意外。可命运似乎根本不想让她过上几天舒心日子，时不时跟她开着致命的玩笑，她觉得自己终有一天会死于突如其来的惊吓或出其不意的打击，紧绷着的生命之弦一下就这么断了，如真这样，也算一种解脱。

风妹交代弟弟照顾好姆妈，自己飞奔出去找我爷爷去了。

我爷爷那几天刚从海复地区医院住了几天院回家，当时，一个有着多年临床经验的大夫，按压了我爷爷腹部后告知家属：是肠癌，并且已经到了中晚期。依据当时的医疗技术开刀风险很大，所以只是开了点药，住院挂了几天盐水，我爷爷便闹着要出院，仗着自己曾经的身体素质，根本不相信有什么病会击垮自己。家人拗不过他，便办理了出院手续，风妹来找的那天，刚好是中午回的家。我爷爷此刻已经躺在了床上，风妹推门进来："朱爷爷，我爸我哥都被派出所抓去了，我妈妈瘫地上起不来了。"风妹说话带着哭腔，我爷爷连忙坐了起来："孩子，慢慢说，出啥事了？”

风妹便将从邻居嘴里听到的话告诉了我爷爷，我爷爷沉吟了一会儿对孩子说：“警察同志可能是向你爹和你哥了解情况，不会有事的，你放心回家等他们回来。”听我爷爷这么一说，风妹才放心回家。

事实上我爷爷心里也没多少把握，毕竟大宝抢人家自行车还砸伤人已经构成了犯罪，而赵有财为保儿子受牵连被带走，他应该做完笔录就可以回家，为安慰风妹母女，我爷爷只能这么说。

风妹前脚刚回家，赵有财随后也推开了家门，只见他铁青着脸，将自行车撑脚架子重重地踢了一下，将车子停稳在墙角。阿兰一脸期待地问男人：“大宝呢？他啥时候回来？”

“哼！你养的好儿子，他回不来了。”赵有财看了一眼已经脸如死灰的女人，有点不忍心，便换了比较缓和的语气，“这孽障不知道中了什么邪，抢人家自行车，警察问他原因还死犟着不肯说。”

“怎么还把人给砸了呢？”阿兰有气无力地问。

赵有财摸了一根香烟出来，点着，深深吸了一口：“总归是被人按住了想要挣脱，随手抓到什么就朝人家身上砸呗。”他在做推测。

“算不算犯罪啊？要不要坐牢？”阿兰声音颤抖着问。

“谁知道，坐牢也是活该。”赵有财狠狠地把烟头踩在脚下蹍了几下。

“快点睡觉吧，我的大宝明天就会回来了。”阿兰手里拿起美孚灯，一个人自言自语走向房间，赵有财和两个孩子就这样看着她神神道道关起了房门，堂屋里一下子黑漆漆一片，赵有财从口袋里摸出一盒火柴划拉几下，找到了灶台上的一支蜡烛点上，火苗跳动了几下，发出了微弱亮光。一个大人两个孩子就这样呆坐在桌边，静得只剩下灯芯偶然发出的“噼啪”声。突然，里间传来一声撕心裂肺的哭声，三人才同时惊恐地站起身来冲向房间。

八十

只见阿兰趴在床上，一个手使劲拍打着枕头边哭边喊：“你这娃咋这么不懂事啊？吃的苦头还少啊？你要有三长两短我不想活了。”

赵有财吼了一声：“号个啥？一时半会他也死不了，等政府处理结果出来再号！”他心里也是憋着火气没地方发泄，再看到阿兰的样子，更加气不打一处来，抓起箱子上一个搪瓷杯使劲往地上一摔，只听“啪”一声接着哐啷啷一阵，搪瓷杯滚进了黑魆魆的角落里面，这突如其来的声音，把阿兰吓得一下止住了号哭，两个小的缩在门边不敢往前一步。

“你们两个给我听着，以后谁敢像他那样学坏，我就打断谁的狗腿，省得出去现世报。”赵有财瞪着眼睛指着两个小的威胁道。

风妹和小宝早已吓得魂不附体，看着气疯了的爷大气也不敢出，趁着赵有财回过头去的一刹那，风妹连忙拉着小宝逃出父母的房间，回到姐弟俩的小房间里，紧紧关起了房门。

在派出所里的大宝，任凭民警如何盘问，一口咬定，因为当时看见车旁没人，准备推着玩一会儿，并没有要偷，更没有要抢的意思，砸人是因为那人骂他姆妈，一时气不过，随手抓了东西扔过去，没有想到把人伤成这样。几个民警出去商量了好久，考虑到当事者和案发环境都是限定在两个生产队中，而且基本都是相互熟悉的邻居，大宝也无案底记录，便做出决定执行拘留三天的最轻刑事处罚。

三天后，从派出所出来的大宝，感觉一切都变了，他不再是那个心怀梦想，敢于追求自己喜欢女孩的懵懂少年，过于匮乏的物质条件，无法逾越的阶层鸿沟，从一辆不属于自己的自行车开始，赤裸裸地展现在了他的眼前，而三天的拘留更是把他最敏感的尊严踩在了脚下，青春期的悸动刚刚萌发便已被冰冷的现实扼杀在摇篮之中。

当大宝出现在家里时，两个小的都去上学了，赵有财在地里干活，阿兰正在灶边烧饭，转头一见大宝正杵在堂屋中央，立即扑了上去，抱住儿子，摸摸他的脸，捏捏他的手臂："没吃苦头吧？"

"姆妈，怎么可能吃苦头呢？就是问了我一些事，教育了我几句而已。"

"好，好，没吃苦头就好。"阿兰边说边用围裙角擦着眼睛，"大宝啊，以后再也不要犯糊涂了。我和你爷这两天吃不好睡不好，都快急死了啊。"

"姆妈，我知道了，以后再也不会让你担心了。"

傍晚时分，赵有财回到了家，看见了在灶后烧火的大宝，一言不发又转了出去，一会儿工夫，手里拎着两斤老白酒回到了家，对着阿兰喊道："去鸡棚里捉两个鸡蛋炒炒，今天晚上我们爷儿俩喝一碗酒。"

阿兰有点怀疑自己的耳朵，定了一下才急忙跑了出去，一会儿又小跑进了屋子，手里拿着三颗鸡蛋，叫大宝点起另一个灶膛的火，起锅炒蛋，三下两下一盘黄澄澄的炒鸡蛋端上了桌子。赵有财已经将两个碗里倒满了老白酒，大宝从灶口边站起身，拍了拍身上的柴屑，坐到了桌边。

“来，儿子，今天算是给你接风，咱爷儿俩像男人一样喝一碗。”

大宝端起碗来喝了一口，从来没喝过酒的他，觉得这老白酒甜甜的很好上口，紧接着又喝了一大口。

“大宝啊，这老白酒好上口，但后劲很足，你要吃点菜垫一下肚子，否则容易醉。”

大宝第一次听到爷用这种平等、关切的口气说话，一下有点不太习惯。偷偷瞄了他一眼，只见他头发大部分已经白了，原本冷酷甚至有点凶狠的脸，开始耷拉下来，配上略显八字的长眉毛，居然有点慈眉善目的感觉。心里一惊：什么时候起？他怎么老得那么快？再一看姆妈，眼帘下垂，眉间很深的川字纹，脸上皮肤又干又皱，一头乱蓬蓬的白发随着头部的摆动，也在左右飘摇，明明就是一个农村老太太了，大宝的心一下被狠狠触动，从男孩到男子汉的改变也许就在刹那之间，源于某一件事或某一个人，感觉突然之间就长大了。

想起自己拿着棍子满场追老爹，想起平时对他的不理不睬、冷言冷语，大宝一下觉得心里愧疚不已，端起酒碗碰了碰老爹的碗，把剩余的酒一饮而尽。接着摇摇晃晃跌在了小宝的床上昏睡过去。

八十一

第二天从小宝床上醒来的大宝，仿佛变了一个人，一改以前的冷漠、倔强，变得温顺、勤劳，跟父母不再倔头倔脑，对弟妹也有了耐心，虽然还是住在亲婆的老屋，但每顿吃饭都回到家里，煮饭烧菜、抱柴扫地无所不干，阿兰有时怀疑大宝是不是中了邪，把担心跟赵有财一说，被他骂了几句："你就见不得他好，非得倔驴一样你才安心？"话虽这么说，赵有财心里也是没底，瞎怀疑起大宝是不是在派出所受到什么刺激？才像变了个人似的？

一个人的成长，也许就是为某个机缘所引发，一瞬间便形成了飞跃，可要为别人所接受，却需要一定时间，哪怕是自己的父母。就像大宝的突然转变，赵有财和阿兰半个多月才从心理上完成过渡。

自此以后，无论吩咐他干什么活，他都会"哦"一声，立即行动，重活、累活还主动抢着干，让爹娘干些比较轻松的活计。阿兰活了大半辈子，终于等来了父慈子孝的这一刻，其过程中的各种煎熬也算值得了。

大宝的事当然也传到了知青点，杨洋和顾晓慧当初还为大宝的不守约记恨于他，当知道他是为了抢别人家的自行车而被拘留，似乎明白了其中奥秘，从此便再也没提起过让大宝接送的事。后来顾晓慧与同来自县城的一个男孩谈起了恋爱，杨洋的家里为了让她早日从农村回到镇上，替她找了一个腿有点残疾的本镇男孩，半年后两人结了婚，杨洋离开了知青点。

三年后的知青点又成了大队部办公室，新上任的大队书记，入党介绍人是我爷爷，刚上任的一年内，工作中遇到难题，经常来我家老宅与我爷爷探讨。经过一段时间的锻炼，已经颇具独特有效的工作经验，和杀伐果断的工作能力。乡村无大事，都是一些鸡毛蒜皮的小事情，可是那个时候读过书的人少，明辨事理的人也少，为了一点小矛小盾大打出手的人倒不在少数。每当此刻，总有看热闹不怕事大的人，跑得飞快去请书记，书记一来，脸一拉，两个袖子往上一撸，也不分青红皂白，吵架双方每人一个耳刮子，被打得眼冒金星，忘记了为啥吵架，紧接着书记吼道:“还有谁不服？给我站过来！”

谁还敢站过去找揍呢？半天没动静就等于事情处理完毕，一众人目送着书记气呼呼骑着破车掉头而去。双方各自的支持者，还在挨揍的两人脸上找手指印，比谁被打得更重。

凭着这样的工作作风，书记硬是将整个大队的村民管得服服帖帖。我爷爷曾经婉言提出:“有理说理，打人不是共产党干部的做派。”但书记就是喜欢这种简单粗暴的处理方式，且保持得几十年如一日，直至退休。以后换过好几任大队书记，在任时间都不长，口碑也都不是很好，村民一致的看法就是新书记没魄力，管不了人，大家怀念的还是那个动辄各打五十大板的老书记，哪怕被打大家还是都服他。真是谜一般的存在，后来细想，可能那个时候的农村干部，与农民同吃住同劳动，且人朴实无私心，所以赢得了大家的认可和尊重。

时间到了 1976 年，供销社、百货商店里纷纷飘出李光羲的《祝酒歌》，一派云开雾散后的欢腾气象。而那个时候，大宝已经是两个孩子的爹。从小特立独行的他后来娶了一个家庭成分比较高的老婆，据说那姑娘一直犯有胃疼病，家里人相信偏方，说是抽烟可以缓解疼痛，所以，他老婆早在娘家时就是个资深烟民，嫁给大宝以后，他家的邻居经常会看见夫妻两个互相发烟对着抽，大家从一开始的看西洋镜般稀奇，到后来的见怪不怪，也不过两三个月时间。毕竟，在邻居们的一贯印象中，大宝也是个很独特的人，现在娶个与众不同的老婆，也没有太大的违和感。说来也奇怪，娶了老婆后的大宝里里外外一把手，啥活都不要女人插手，人们经常看到她悠闲地打着毛线或偶然在家里掸扫擦拭，用阿兰的话说，那就叫一物降一物。

八十二

一切开始回归正轨，李胜利的父亲哪怕已经退休也被揪了出来，待遇取消退休金降级，而身为公社领导副职的李胜利，则被作为一般工作人员，下放到某一个大队里任了一个闲职，心理上的落差引发行为上的偏激，他开始借酒浇愁，天天在家酩酊大醉，喝醉了就胡言乱语或寻衅闹事，姜美玉这么多年来一直与他处于同屋不同床的半分居状态，有几次李胜利喝得醉醺醺，看到姜美玉从身边走过，一把拉住她："美玉，你知道我是爱你的，你别不睬我。求你了，和我说说话吧。"

姜美玉用力挣开他的手："你别喝那么多了，对身体不好。"

正在上初中的儿子一看到这种场景，立即跑进自己的房间将房门紧闭，很反感自己父亲这般状态。

就这样，李胜利酗酒半年后，人开始消瘦，从公社卫生院退休的老妈，凭直觉感到儿子健康可能出了状况，生拉硬扯把他弄到了卫生院检查身体，结果出来，他老妈当场晕了过去，李胜利已经是肝癌中晚期，姜美玉听到这个消息也惊呆了，虽然两人的夫妻关系已名存实亡，但是，作为孩子的父亲，她对他还是存有怜悯之心，现在得了这不治之症，心里也着实难受，对他的态度有所好转，每天变着法子照料他的一日三餐，把家里的存酒全部送到了他父母家里，不让他再碰酒杯，尽管如此，得了这种病的人，等于被判了死刑，不被当事者知晓真相可能还可以多活一段时间，如果病人一旦知道自己的毛病，离开的速度更快。李胜利根据母亲当时的反应，大概得知自己得了啥病，但他对于自己的生死已经看得比较开了，风光过也落魄过，娶到了当初惊为天人的女人，现在儿子也和自己齐肩高了，人生本没有圆满，经历了这么多也知足了。弥留之际，他拉着姜美玉的手，断断续续说出了自己的心里话：“我知道你这些年也不容易，也知道你恨我，但求你原谅一个将死之人。”他喘了几口气接着说，“我承认背叛过你，那是为了报复你，现在想想真是荒唐，如果有机会重新来过，我一定会好好和你过日子，相亲相爱一辈子。原谅我吧，美玉。”

姜美玉闻听此言，早已泪眼婆娑，多年的委屈在此刻再也克制不住，趴在床边失声痛哭，李胜利用手轻轻摸着她的头发，嘴角边露出了苦涩的微笑，两滴泪水从他眼角滚落下来，无声地滴落在枕头之上，接着他长长地呼出最后一口气，离开了这个令他爱过恨过的世界。而就在此刻，屋外鞭炮声此起彼伏，家家户户准备过年，李胜利的生命最终定格在大年三十的夜里。

赵有亮恢复了官职和待遇，再回老家又是一身军服，只是脚步有点不太灵便，当年那个意气风发的年轻军官，早已被岁月风霜改变了模样，唯一不变的是他的高傲风骨和赤子之心。

父母分给他的那间房子，他利用年假修葺一新，粉白了墙壁，换上了新瓦，对于房间里被损坏的家具，他特地请来木匠尽量将其修复到原来的样子，终于一切完工了，他满眼深情地环顾着一切，对姜美云说道："唯一的遗憾就是我们那张大床，再也恢复不到原来的样子，这床应该算得上是文物呢，没想到毁于一旦。唉！"

姜美云抚摩着那张大理石台面的梳妆台，苦笑着说："还好，留下了一个囫囵的。"

"这个可能砸不动吧？照花前后镜，花面交相映。"赵有亮笑着对姜美云低语。

姜美云有点不好意思地抿嘴一笑："老了，镜子里映出的是一个老太太。"

"不，你在我眼里永远美若天仙。"赵有亮用力地搂了搂姜美云的肩膀。

年初五那天，赵有亮夫妻俩依据历年的习惯，拎了两瓶酒和两盒糕点来到兄嫂家里拜年，看到赵有财已经咳嗽不断，弯腰驼背，阿兰也是满头白发，一脸皱褶，一对典型的农村老头老太模样。此刻大宝已经分家另开火灶，小宝在读高中，哥儿俩聊了很久，没看见凤妹的身影，便随口一问。谁知引起了老两口的伤心事。

八十三

“你说现在这个新社会，妖魔鬼怪应该都不敢出来了吧？可是，风妹后来的症状就像是中了邪。”赵有财抽着烟若有所思地说着事情缘由。阿兰则一言不发坐在灶后点火烧水。

“风妹怎么啦？现在人呢？”赵有亮有点着急地问道。

“嫁人了，今年七月，夜里被男方接走的。”

“夜里接走？嫁人？”姜美云有点怀疑自己的耳朵。

“唉！你不知道，风妹原来是在镇上的一个厂里上班，有一阵厂里活计忙要求工人加夜班，风妹加了两天班，第三天回来就出事了。”

“我当时就反对丫头家家，加什么夜班，哪怕不去厂里，种地也比跑夜路好。”阿兰在灶后小声嘀咕。

“她不听话有什么办法？”赵有财没好气地回道，“那天夜里，风妹回家时接近十二点了，一回家像被吓到了，一间一间推开房门叫我们都起来。”

“叫你们起来干吗？”姜美云问。

“她说有一个黑影一直在跟着她，她吓坏了，叫我们出去看看后面有没有人。我们打开门一看，啥也没有啊，从那天起，风妹就像变了一个人，一天到晚躲在房间，一直蒙着被子睡觉，喊她吃饭都不起来，都是我们端给她吃。”阿兰很伤心地叙述着风妹的发病经过。

“实在找不出原因，我们后来偷偷请了‘大仙’，‘大仙’说她是撞邪了。再留在娘家会出事，必须尽快出嫁，而且也不能大张旗鼓办事，必须选一个夜里且是至阴时刻，让男方把她悄悄带走才可破解。”

赵有亮和姜美云像在听民间鬼故事般惊奇：“那风妹现在怎么样呢？”

“现在基本上好了呀，就是不能出去干活，一直待在家里。幸好，男人对她也好，把她当宝一样养着，我们也放心了。”阿兰边擦着眼角边说。

久居乡间，总有一些无法用科学道理解释的事情发生，农村人便有一套自己的化解方式，如风妹的事，当初也带着她去卫生院、县医院看过，但检查下来一切正常，就是行为举止不正常，后来通过“大仙”指点才基本恢复了。

“我怀疑风妹到了青春期，情绪没有得到正确的疏导才导致的‘癔症’，对，是‘癔症’，用农村里的老话叫作得了相思病，嫁人了不就好了？”回去的路上，赵有亮还在分析原因。

姜美云叹了口气：“女人真的是雪花命，飘到哪里真要看自己的运气。”她此刻又想到了自己命运多舛的妹妹。

赵有亮再也没说话，拉起姜美云的手揣到了自己大衣口袋里，姜美云的心里涌上一股暖流，庆幸自己找到的男人是如此优秀。

第二天，也就是年初六，赵有亮姜美云去车站买了初七的车票，准备第二天赶回南京。因为两个儿子这次没回老家，赵姜海已经工作，且正在谈朋友，赵姜涛在补习功课准备参加高考，夫妇两个也是不放心，打算早日回家。

初七夜里，姜美云去镇上叫了妹妹带着儿子一起过来，在娘家吃一顿团圆饭。去到她家里时，只见冷锅冷灶的没一点儿过年的气氛，李海东看到了进门的大姨，喊了一声，正在柜子边收拾衣物的姜美玉转过身看到了姐姐，眼睛亮了一下马上又暗淡下来：“你们这是要走了吗？”

“是的。”姜美云轻声说道，“姜海和姜涛兄弟俩在家我们也有点不放心，想早点回去，今晚你带着东东来姆妈家吃顿饭吧。”

刚办完丧事的姜美玉看上去苍老了许多，说话也有点有气无力，鬓边的小白花越发衬托出她的纤弱无助：“我等会儿就和东东过来。今年……”她顿了顿说，“咱俩还没好好说过话呢。”

姜美云心疼地摸了摸东东头顶：“咱东东大了，以后要学会照顾妈妈。”

东东顺从地靠在大姨肩膀上：“我会的。”

本是一顿团圆饭，但席间气氛有些压抑，赵有亮打破了沉默，朝着外甥问道：“东东以后准备考什么大学呀？你考到南京来吧，我和你大姨还有两个哥哥等着你。”

“我不想考大学，我想毕业后参加招工考试，就在镇上工作，这样可以天天回家陪妈妈。”

东东的回答令所有人意外，因为全国刚刚恢复高考，想要进大学的学子不知道有多少，而一直成绩优异的他却准备放弃高考，姜美玉严厉地瞪了儿子一眼：“你必须要考上大学，我还年轻不需要你照顾。”东东被妈一说便不再言语，默默扒拉着碗里的饭菜。

孙万年夹起半个狮子头放在外孙碗里：“东东太瘦了，多吃点。考大学是三年后的事呢，到时候再说。”

姜老太也夹了一块咸鱼给外孙：“是啊，过了三年再说，今天是团圆饭，新年里要吃得饱饱的，这样一年到头不会挨饿。”姜老太又不知道从哪里搬来的说法，随即又推了推老头子，“替有亮再倒点老白酒啊，有没有眼风？”

孙万年立即拎起桌边的热水瓶，给女婿倒了满满一碗滚烫的老白酒：“来，有亮，咱爷儿俩喝个一大口。”一来一去，气氛终于稍稍热闹了一点。

八十四

晚饭后，姐儿俩找了个僻静处说话，姜美云问妹妹打算以后怎么办。姜美玉黯然回答：“还能怎么办？上课、带娃，必须让东东考一个好一点的大学，走出小地方看看大世界，不能再走我的老路。”

“东东是个好孩子，好好引导他一定会有出息。”姜美云替妹妹捋了下头发，“那你以后有什么打算？不会从此一辈子一个人过吧？”

“这个问题暂时不考虑，再说，我早已习惯一个人过了。”姜美玉淡然说道。姜美云从妹妹的话语里似乎领悟到了她这些年不同寻常的经历，心里一阵酸楚，抱着妹妹的肩膀：“美玉，哪一天实在绕不出迷宫了，你给我写信，再或者来南京找我。姐姐永远会站在你身后，做你的后盾。”

姜美玉低垂着眼睛，凄然一笑：“我已经百炼成钢了，啥都扛得过去。”

姜美云心疼地看着妹妹，再也说不出劝慰的话来。

第二年，东东初中毕业以优异的成绩考入了县高中，姜美玉则打了许多报告，成功申请调到离县城很近的一所学校教书，以方便照顾孩子读书，暑假一开学就可搬离生活了近二十年的公社家属区去往县城，也许换一个环境可以换一种状态，姜美玉心里对工作和生活都有了新的期盼。

就在这一年小宝考上了大学——上海复旦大学，成了全国恢复高考以后，我们埭上走出的第一个大学生，赵有财一下子觉得扬眉吐气，被周围人轻蔑、讥笑了几十年，今天终于堂堂正正笑出声来，不觉与人谈话声音都洪亮了许多，阿兰也一扫常年的愁苦面容，满面笑容地接待着络绎不绝来串门的亲朋好友。小宝这一喜讯一传出，再次运用当年孙万年的话来形容：屋檐高了三尺。

多年以后，已经在上海某大型国企任高层领导的赵磊，清楚地记得，当年他离开家乡奔赴大学校园的那天，恰逢一场大暴雨，随带的行李和书籍一下难以运抵车站，正愁眉不展，只见赵有财已从邻居家里借来了一辆手推独轮车，招呼小宝把行李和书籍用塑料纸包严实，一件件搬到独轮车上，然后冒着大雨把小宝送到了车站，车子启动的那一刻，站在车门口的小宝，看着老父亲在暴雨中推着独轮车蹒跚离去的身影，热泪夺眶而出，这个曾经暴躁、自私的男人老了，在雨中尤其显得衰弱、渺小，这一情形在小宝的心里，一下成为挥之不去，铭记一生的深刻画面，如同朱自清的《背影》般历久弥新。雨中的家乡，那一排排低矮的屋子，随着车子的启动也越来越远，小宝留恋的目光越拉越长，直至故乡变成了地平线尽头一团模糊的黑影。

而姜美玉开学的第一天，去校长办公室报到，门一推开，那个立于窗前的背影，有着说不清的似曾相识的感觉，她的心里有了不太好的预感，暗暗用力甩了一下头，深吸一口气：希望是我想多了。

图书在版编目（CIP）数据
沙地往事 / 朱燕著. 一北京：中国工人出版社，2021.12
ISBN 978-7-5008-7764-6
Ⅰ. ①沙… Ⅱ. ①朱… Ⅲ. ①长篇小说－中国－当代 Ⅳ. ①I247.5
中国版本图书馆CIP数据核字（2021）第237933号

沙地往事

出 版 人　王娇萍
责任编辑　宋 杨 严 春
责任印制　黄 丽
出版发行　中国工人出版社
地　　址　北京市东城区鼓楼外大街45号　邮编：100120
网　　址　http://www.wp-china.com
电　　话　（010）62005043（总编室）
　　　　　（010）62005039（印制管理中心）
　　　　　（010）62379038（社科文艺分社）
发行热线　（010）82029051　62383056
经　　销　各地书店
印　　刷　北京盛通印刷股份有限公司
开　　本　880毫米×1230毫米　1/32
印　　张　7
字　　数　215千字
版　　次　2022年1月第1版　2022年1月第1次印刷
定　　价　46.00元